DE LA MÊME AUTEURE

LE SILENCE DE GABRIELLE, Arléa, 1988

HORS LES MURS, Arléa, 1990

LES HAUTS-FONDS, Gallimard, 1993

LATIFUNDO, Denoël, 1997

LA LUMIÈRE DE NECKLAND, Denoël, 1999

LA BIBLIOTHÉCAIRE, Arléa, 2006

CE QUE DIT LILI, Arléa, 2007

LES BELLES ANNÉES, Mercure de France, 2010

LES AMOUREUX, Mercure de France, 2012

DIRE ADIEU, Mercure de France, 2014

LE VENT SE LÈVE, Mercure de France, 2016

LA PETITE FAMILLE, Mercure de France, 2018

UNE FEMME REMARQUABLE

Sophie Avon

UNE FEMME REMARQUABLE

ROMAN

MERCVRE DE FRANCE

Pour Henri, Marcel et Robert

Et pour Frankie

Quel pur travail de fins éclairs consume
Maint diamant d'imperceptible écume,
Et quelle paix semble se concevoir!

PAUL VALÉRY,
Le cimetière marin

Quand mon cœur souffrait, il commençait à vivre

ISABELLE EBERHARDT,
Dans l'ombre chaude de l'Islam

Première partie

L'HIVER

(1937)

1

UN VOYAGE EN PROVENCE

Longtemps, je me suis inventé une autre vie. Rêvant le soir d'une existence dont je savais qu'elle ne ressemblait pas à ce que serait mon avenir, mais où s'incarnait, en tout point, l'adulte que j'avais envie d'être. J'imaginais un conjoint, nos disputes, des enfants. Une maison, des sorties, des baisers, un quotidien de feuilleton sentimental. J'avais huit ou neuf ans, et ce refuge fictif était si ordinaire que je me demande aujourd'hui le plaisir que je pouvais y trouver. Mes rêveries se sont transformées en grandissant, elles sont devenues plus raffinées. Pas de progéniture, plus de parents, encore moins de grands-parents. Un couple seulement. De la passion et des cris. J'étais loin de penser qu'un jour, je plongerais dans ma généalogie. J'ai pourtant fini par remonter le courant que je croyais dédaigner. Non pour connaître mes racines mais pour découvrir cette femme dont je n'avais jamais vu la moindre photo dans les albums de mon père alors qu'elle était sa mère.

Et puis je suis tombée sur un film de mon grand-père paternel, Marius. Je l'avais sans doute déjà vu mais je n'en avais aucun souvenir. Encore jeune, Marius avait filmé les siens, les paysages qu'il aimait, plusieurs petites séquences des années trente et quarante dont l'une s'appelait « Un voyage en Provence ». Longtemps après sa mort, en 1980, un monteur professionnel avait transféré la pellicule sur un support plus moderne, et ajouté un fond musical composé de vieux standards. Parmi lesquels le fameux ragtime de Scott Joplin, « *The Entertainer* ».

C'est sur cette mélodie que je découvre ma grand-mère. Mon père nous en a si souvent parlé, à mon frère et à moi, que nous avons grandi avec l'idée qu'elle était une femme hors du commun. Sa disparition prématurée a ajouté au caractère exceptionnel de sa destinée. Elle est morte d'un cancer à cinquante-quatre ans. Le chagrin était venu à bout de sa santé, disait-on. Dix-sept ans avant, elle avait enduré le deuil de sa petite fille de cinq ans, Simone. On parlait aussi de piqûres qu'elle avait reçues dans le ventre à la suite d'une simple caresse à un chien suspecté d'avoir la rage. Du choc que cela avait pu produire. À part ça, je ne savais rien d'elle. Elle n'était pour moi qu'une figure de la mythologie familiale entretenue par des phrases qui avaient marqué mon enfance. « Pour revoir ma mère, ne serait-ce qu'une seconde, je mangerais de la terre », disait mon père quand mon frère et moi calions devant notre assiette.

Sur le film de mon grand-père, elle a un peu plus de trente ans et paraît juvénile. Il faut faire vite pour entrevoir combien elle est charmante : elle recule, sourit, se cache derrière les arbres, rebrousse chemin, laisse sa petite fille aller devant. Simone se dandine du haut de ses trois ou quatre ans, mais va résolument jusqu'à son père qui la regarde à travers son objectif. Nous sommes en 1935 ou 1936. Le cinéma est né il y a environ quatre décennies, le parlant existe depuis presque dix ans. Le film de Marius demeure muet. Derrière sa caméra, mon grand-père n'en finit pas de suivre Simone qui marche vite, court même. Elle a une coupe à la mode, frange courte, oreilles recouvertes, une robe blanche qui lui descend aux genoux et des godillots minuscules. Elle farfouille dans les massifs de fleurs, indifférente aux adultes qui l'entourent, lorgnant parfois vers son père qui l'incite à bouger, va et vient tandis que sa mère, éclipsée, farouche, échappe au cadre. Œuvre d'amateur peut-être, encore faut-il qu'il y ait quelque chose à voir. Ne serait-ce qu'arracher une fleur pour la rapporter d'où elle vient.

La voici de nouveau, un an après, pas bien grande encore mais sachant ce qu'elle veut. Elle est auprès de son frère, Henri, son aîné de six ans. Il s'agenouille auprès d'elle. Il voudrait qu'elle exhibe son minois et chante. Il l'embrasse pour l'encourager. Elle se met à chantonner. Il lui souffle les paroles. Elle connaît une bonne partie du répertoire de Tino Rossi dont elle reprend les paroles pour le plaisir des grands. On voit les lèvres qui remuent, la gorge qui enfle légèrement. On voit la satisfaction de son frère qui regarde la caméra en souriant le temps du refrain.

Obstinément, Marius filme ses enfants, s'attarde sur sa petite fille sans savoir qu'elle n'a que quelques mois à vivre. Elle meurt le 9 décembre 1937. Une méningite aiguë est venue à bout de ses cinq ans. Sa mère l'a découverte inerte dans le lit. Son hurlement a empli toute la maison. Germaine – c'est le prénom très démodé de ma grand-mère – voulait appeler mais elle ne pouvait plus, toute sa voix était partie dans son cri. Elle a fait les gestes qu'on se voit faire dans les situations d'alerte maximale. Elle a empoigné Simone, hébétée, sa propre respiration coupée, ânonnant « ce n'est pas possible » tandis que d'un point aveugle de sa conscience, une force adverse répétait « c'est pourtant arrivé ». Son mari a surgi et ils ont été obligés de constater ensemble ce qu'ils ne pouvaient admettre l'un sans l'autre. Leur fillette était morte. Le médecin venu deux jours avant n'aurait rien pu faire de toute façon s'il avait diagnostiqué la maladie.

Germaine est née avec le siècle. Elle a trente-sept ans au décès de sa fille. Marius en a trente-quatre. Du haut de ses onze ans, Henri assiste au désastre. Sa petite sœur n'est plus là et rien ne sera comme avant. Il est abasourdi tout en ayant encore l'énergie de vivre, de courir, de grandir. À quoi rêve-t-on quand on a onze ans ? Le voilà seul entre ses deux parents effondrés. Heureusement, il y a les cousins, les copains, la rue, la plage. Les tantes, les oncles, les grands-parents qui se disent qu'il faut essayer de protéger ce gamin dont la mine résignée fend le cœur. Ils se le disent en passant, l'époque n'est pas à la psychologie infantile et chaque famille a ses décès scandaleux. Cela n'empêche pas d'être brisé à vie.

Henri voit son père anéanti et sa mère, oh, sa mère qu'il vénère, il la voit pâlir, s'absenter, se refermer. Il la voit s'abandonner au chagrin, et chaque matin, se réveiller avec une pierre dans la poitrine. Affrontant la même angoisse d'une nuit à l'autre car Simone meurt tous les matins. Germaine somnole, traîne dans les limbes de sa conscience, flotte entre songes et réalité, et quand par miracle, elle sombre complètement, ses rêves la ramènent à la catastrophe. Elle se réveille et c'est pire que dans son cauchemar. Simone, une fois de plus, quitte ce monde. C'était une enfant drôle, curieuse de tout, posant des questions sans arrêt – et elle n'est plus. On ne l'entendra plus chanter Tino Rossi avec sa capacité précoce à mémoriser les refrains. On ne verra plus sa frimousse de poulbot, son expression de gamine des faubourgs. Elle ne grandira pas.

Combien de temps faudra-t-il pour que la souffrance soit moins aiguë ? Combien d'années pour arriver à se lever sans cette épée qui transperce ?

Après les pleurs, la commotion familiale, le petit cercueil, la maison plonge dans le silence. Henri fait ce qu'il peut, non pour consoler sa mère mais pour être à son côté sans peser, pour être là, prendre sa part du fardeau ; puis arrive un moment où il la laisse à sa peine. Il ne pense qu'à s'échapper. Il rejoint les cousins, les camarades de classe, il poursuit sa scolarité, plutôt mal, et parfois, il oublie. Il oublie que Simone n'est plus. Il évacue le chagrin de sa mère, celui de son père. Pas longtemps bien sûr. De toute façon, quand il rentre, l'immobilité du lieu l'ensevelit. L'atmosphère s'est figée au point que pour avancer, il doit lutter. Il se dit qu'il aurait mieux fait de disparaître à la place de sa sœur. Que ses parents seraient sans doute moins tristes si c'était lui qui était parti. Parfois, il les entend parler à voix basse. C'est comme s'ils avaient peur de réveiller quelque chose qui serait plus dévastateur que ce vide sidéral, l'absence de la petite, à jamais cadette et benjamine.

Comment, pourquoi ? Ils n'ont pas de réponse. Rien ne peut apaiser leur deuil, soulager leur culpabilité. Ils se flagellent. Et s'ils avaient appelé le médecin plus tôt, aux premiers signes ? Et si elle n'était pas sortie le jour où elle avait mal à la tête ? Et si, et si, et si ? Marius ressasse toutes les hypothèses. Essaie d'isoler le moment où. Le moment où le destin de sa fille a basculé. Il en veut à tout le monde et à Dieu en particulier. Germaine aussi en veut à Dieu, elle qui était croyante, élevée dans l'amour céleste. Elle aimait les églises, leur recueillement, la fraîcheur descendue de la voûte, les encens, la sourde mélopée des orgues, elle s'agenouillait volontiers pour prier. À présent, elle est prise de rage devant le moindre crucifix. Mais elle ne le dit pas. Il est où, votre Dieu ? a demandé Marius à l'un de ses beaux-frères qui tentait de le consoler. Elle a détourné les yeux. La douleur de son époux est la pire chose qu'elle ait à affronter. C'est pourquoi, la plupart du temps, ils demeurent silencieux. Ils se taisent et accueillent les condoléances tête haute.

Elle revoit l'église où elle a épousé Marius. Elle revoit l'autel devant lequel ils ont prêté serment.

Ils se sont mariés le 18 avril 1925. Des grandes orgues s'élevait la Toccata en ré mineur de Bach, splendide, triomphante. Elle y tenait. Elle voulait une musique de cathédrale pour un mariage d'amour. Une rencontre dans un jardin. Un coup de foudre. Marius venait d'être engagé dans une filiale de la Banque de France, la Banque d'Algérie, et il avait accepté d'accompagner un de ses collègues à un rendez-vous galant, promenade de Létang, audessus du port. Il avait pour mission de faire diversion de façon que son ami puisse se retrouver seul avec sa fiancée. Germaine, de son côté, était censée tenir le bras de sa sœur aînée, Blanchette, qui n'osait pas affronter seule le garçon qui l'avait invitée. Autrement dit, ils étaient là, tous les deux, pour tenir la chandelle. Côte à côte dans la végétation du Château-Neuf, suspendus devant la mer, escortant un couple dont, peu à peu, ils ont cessé de se soucier.

Marius qui venait pour faire plaisir à son copain est tombé sous le charme de cette jeune fille aux yeux bleus, fine, élégante, à la conversation fournie. Elle lui a parlé des écrivains qu'elle aimait, des romans qu'elle dévorait, et lui qui lit peu de fictions, préférant les journaux et les ouvrages de botanique, l'a écoutée patiemment en se disant qu'elle était ravissante.

Il la regarde marcher, puis gravir les escaliers. Il ne sait pas lui-même qu'il est en train de tomber amoureux. Il se met à lui désigner les arbres en les nommant. Ficus, belombras, magnolias. Qu'est-ce qui lui prend ? Il est si peu cuistre d'habitude ! La balade sent la terre fraîche et le poivre. Il en émane l'odeur du paradis terrestre. Germaine, elle, a un parfum de jasmin. Il s'en veut de n'avoir pas mieux soigné sa tenue, il a enfilé un polo gris et un pantalon de toile à l'aspect douteux, fatigué aux genoux. Ses chaussures aussi, ont l'air au bout du rouleau. Il ne les a pas cirées avant de sortir. Il se rassure en pensant qu'elle ne s'arrêtera pas à ça.

Deux mois plus tard, ils jurent de s'aimer toujours.

Ils s'installent dans le quartier d'Eckmühl, à deux pas des arènes et du premier bataillon de Zouaves. Ils y ont fait construire une maison grâce à une aide au logement dont le blason en forme d'étoile est gravé au fronton. Ils vivent à l'étage. Yvonne, la plus jeune sœur de Germaine, et son mari que tout le monde appelle Chouchou en dessous. Les beaux-parents de Marius, Blanche et Victor, habitent en face, à l'angle de l'avenue du Docteur-Cauquil et de la rue d'Angleterre. La cohabitation est harmonieuse même si la tribu pèse sur Marius qui se tait, trop soucieux de plaire à sa femme. Par moment, pourtant, il s'agace, éclate en de terribles colères. Puis il s'en veut, se rencogne, va jardiner, le nez dans les fleurs pour se calmer.

Dehors, il se sent chez lui, arpente son petit domaine. Des allées bordées d'eucalyptus mènent à un banc dont le dossier est tapissé d'azulejos. Au centre, un bougainvillier, des hibiscus et des lauriers roses dont les couleurs semblent d'une insolente vitalité sous le cagnard.

C'est dans ce jardin que Marius, dix ans après son mariage, étrenne sa caméra. Le bonheur des débuts est encore intact, une sorte d'innocence flotte au long de cette séquence où Simone regarde ses parents hors champ. Le film a vieilli, les images ont pâli, certains plans sont devenus invisibles, jaunâtres, la lumière les a grillés et les travellings de Marius vont trop vite, mais les gestes d'amour et la petite enfance n'ont pas d'âge, et puis c'est la seule chose ou presque dont je dispose pour connaître ma grand-mère. Alors, je m'y attarde et j'y reviens, je multiplie les arrêts image sur son visage. Cela ne sert pas à grand-chose, il devient flou illico. Plus je l'examine, plus elle se dérobe.

2

L'IMPUISSANCE DES HOMMES

Ma grand-mère n'aime pas beaucoup l'Algérie. Elle y est née mais elle rêve de la terre de ses parents, la France. Celle des pâturages et du froid. Elle rêve surtout de la capitale, de son raffinement. Elle aime les livres, ce qu'ils contiennent et ce qu'ils sont, des objets fermes, sur lesquels on peut compter. Elle les aime pour ce qu'elle y met, pour la vie qu'elle s'y invente, pour leurs reliures, leur épaisseur, leur couleur, leur odeur. Elle dévore Colette, Péguy, Bernanos ou des romanciers à la mode aujourd'hui oubliés. Elle voudrait se rapprocher de Paris, fréquenter le bouillonnement culturel français, « en être », comme dirait Proust, même si c'est par procuration. Elle ne se voit pas en artiste, ni en groupie d'ailleurs, elle se voit en amatrice éclairée, en amoureuse. Suffisamment douée pour mesurer ce qu'il en coûte d'écrire, pas assez pour s'y mettre à son tour. Assignée à cette place entre deux qui sera la sienne toute sa vie. Entre deux rives, entre deux milieux, entre deux existences. La vraie vie est en métropole – ce nom horrible qui désigne la terre promise. C'est là-bas que ça se passe – quoi donc? Le flux supérieur du monde, la cime de la civilisation. Loin de cette ville espagnole écrasée de chaleur. Comment peut-on se contenter de la mer et du soleil ? Comment se résigner à l'engourdissement de la province ?

En attendant, elle lit en écoutant le piano de sa sœur qui vient jouer chez elle. La partition s'accorde parfaitement à sa lecture du jour – *Le fanal bleu*. Yvonne est talentueuse, elle a appris facilement, atteignant vite un niveau d'excellence. Elle pourrait être professionnelle si elle le voulait. Mais elle sourit quand les gens lui disent qu'elle est une virtuose. Se lancer dans une carrière de concertiste ne l'a jamais tentée. Elle joue pour le plaisir.

— Tu as un don, lui a soufflé le professeur du Conservatoire. Elle s'en fiche. Et puis le talent ne suffit pas. Il faut le vouloir absolument, être prête à tout sacrifier pour son art. Or Yvonne est une jeune femme sans la moindre ambition. Elle a aimé s'occuper d'Henri quand Germaine avait trop à faire et des horaires impossibles aux hypothèques. Elle aime veiller à son propre foyer. Elle aime son existence telle qu'elle est.

— Tu ne rêves pas d'autre chose ? lui demande parfois son aînée.

Non, elle ne désire rien de plus même si elle se régale d'un péché mignon : visiter les appartements à vendre. Juste pour voir. Germaine, elle, n'est pas du genre à visiter des logements vides. Le piano dont elle joue parfois, sans le perfectionnisme d'Yvonne, lui arrache ce qu'elle ressent de plus profond. Trop d'émotions, tout le temps. Quelque chose de sauvage l'habite dans une vie qu'on lui impose de domestiquer. Grâce aux livres, elle cavale, grâce à la musique, elle respire. Elle est trop jeune encore pour se croire pressée, elle attend son heure.

Ce qu'elle préfère en Algérie, c'est la plage, parce qu'on peut s'y allonger, rêver, lire. Elle emporte son ombrelle et un chapeau de paille. S'étend sur le sable, à plat ventre, sans faire attention aux regards obliques. Quand elle a trop chaud, elle enfile son bonnet de bain et part nager. Longtemps. Son corps menu, musclé, est infatigable.

À Oran, rien n'est loin de la mer, mais la mer paraît absente. Pour se baigner, il faut se risquer sur les rochers de la pointe Blanche ou aller vers les falaises de Canastel, ou alors s'éloigner de la ville, plein ouest, vers les Andalouses. La route de la Corniche surplombe la Méditerranée jusqu'à Mers el-Kébir. Après quoi, la baie s'étend avec la perfection d'un arc. Trouville est l'une des premières stations de cette côte, un simple quartier au départ dont le paysage intact, fait de sable et de schiste, semble assoupi au bord de l'eau. À deux pas, un douar fournit les résidents en poulets et en galettes de blé. Justement, Germaine a eu vent d'un terrain sur la commune de Bouisseville dont Trouville dépend. Ils décident d'acheter un lot à plusieurs, en famille. Ils l'acquièrent aux enchères, découpent en parcelles ce tas de caillasses qu'ils vont transformer en oasis. Avec une maison rudimentaire au départ, un simple pavillon auquel ils ajouteront une aile ici, une terrasse là, un garage en bas, même si, pendant des années, pas une voiture ne s'y gare. Sur les dernières photos de la fin des années cinquante, on a l'impression d'une villa luxueuse, avec un moucharabieh de ciment qui borde la terrasse, des transats élégants et des jeunes gens en pulls marins se prélassant comme des nababs. Il n'en est rien.

Au tout début, au milieu des années trente, il n'y a ni l'eau ni l'électricité. Il faut construire une citerne, récupérer l'eau de pluie qui tombe parfois en trombes. Les travaux sont longs, harassants sous cette chaleur, l'intérieur est sommaire, une grande pièce avec une table pour manger, un dortoir et des toilettes à l'extérieur ; le cousin Eugène Monin qui possède des fonds a d'emblée fait bâtir une villa basque aux extrémités arrondies. Les gosses l'ont nommée « la villa Maboule », on se moque alentour, tout ce luxe ostentatoire – il n'empêche, le terrain où trône l'habitation comme un gâteau d'anniversaire paraît ennobli par tant de soins.

Marius et Germaine, eux, ont suivi les conseils du médecin préconisant l'air marin pour Henri qui, avant d'être un homme solaire, a les anémies d'un garçon chétif. Résultat : ils tombent amoureux de Trouville. Le dimanche, quand Oran cuit, inerte sous l'œil de la Vierge de Santa Cruz, ils migrent sur la route de la Corniche.

Simone est-elle encore vivante lorsqu'ils deviennent propriétaires ? Peut-être sont-ils seulement de passage le jour où son père la filme une fois encore, en maillot de bain rayé, faisant un château de sable et puis courant le long du rivage entre son frère et sa cousine Line qui la tiennent par la main. La Méditerranée, à perte de vue, ressemble à une tôle ondulée les jours de vent. Les adultes sont allongés.

Les plus vieux restent assis, les yeux sur le large. Ils ont gardé leurs vêtements. Quelqu'un s'est proposé pour tenir la caméra puisqu'on voit bientôt Marius soulevant sa fille d'une main et la faisant sauter dans sa paume. Il a de la force et en apporte la preuve.

Il fait de la boxe, s'entraîne trois fois par semaine dans une salle de la rue Tissinié. Il monte sur le ring sans hésiter, il aime se battre dans les règles de l'art. Ou pas. Un jour, revenant d'une promenade avec sa femme et Henri encore petit, ils ont croisé une bande de vauriens qui gueulaient des insanités à leur passage. Il s'est avancé vers le groupe, a saisi brusquement le pied du plus fanfaron et l'a catapulté sur ses complices qui ont fui en braillant des insultes. Germaine s'est gardée de féliciter Marius – Et s'ils t'avaient attaqué tous ensemble ? Il a haussé les épaules. Trois ou quatre types, ça ne lui fait pas peur. Ces minables ne savent pas se battre. Ils n'ont pas son entraînement, ni sa détermination. Henri regarde son père avec admiration. Germaine, elle, se réjouit d'avoir un mari qui sache faire face.

Je ne sais s'ils sont heureux, mais ils sont jeunes, vigoureux, à l'aube d'une longue vie, pensent-ils. Blanche et Victor les laissent tranquilles, même si pour Marius, cette proximité prend acte, jour après jour, de son acharnement à s'élever socialement. Sa belle-mère lui en impose bien que ce soit une femme dolente, d'une amabilité archaïque. Toujours tirée à quatre épingles, corsage ajusté, col de dentelle ou ruban de velours noir autour du cou. Jamais un mot plus haut que l'autre. Marius se sent redevable devant elle du bonheur de sa fille. Elle ne sort pas d'un milieu huppé, loin s'en faut, mais elle vient de Franche-Comté. Elle lui parle d'un pays dont il ignore tout. Parfois, elle raconte aux enfants l'épopée de la veuve Brulon, son ancêtre, qui à la mort de son mari soldat, en 1792, a pris le relais et livré un combat héroïque dans l'armée de la République, avant d'être, des années plus tard, la première femme décorée de la Légion d'honneur. Quand il l'écoute, il a l'impression d'entendre un conte de Perrault.

Victor Simon, son beau-père, l'impressionne aussi, avec son humour pince-sans-rire et son accent rocailleux. Il a débarqué d'Attignat en 1888, au bras de Blanche qu'il venait d'épouser à Vesoul. Son frère Jules, qui n'avait que seize ans à l'époque, était du voyage. Jeanne, la cadette de Blanche, aussi. Elle n'imaginait pas une seconde pouvoir être séduite par un gamin de seize ans, mais c'est ce qui est arrivé, elle s'est mise à l'aimer, si bien que finalement les deux sœurs Falachon auront épousé les deux frères Simon.

Les quatre jeunes gens ont mis pied à terre à Oran après une expédition qui aujourd'hui ne prendrait que deux heures d'avion, mais qui à l'époque leur a demandé l'énergie des grandes espérances. Victor et Jules voulaient vendre du vin. Entre autres projets. Car Victor est parti avec la promesse d'un engagement à la Compagnie générale transatlantique, qui malgré son nom assure aussi des croisières en Méditerranée. Jules, lui, a trouvé un emploi dans une boucherie. Après, ils ont improvisé. Au début du nouveau siècle, l'aîné a tenté de créer une entreprise de transports, les Entrepôts généraux, dont il a installé les bureaux au rez-de-chaussée de la maison où ils ont emménagé, en 1919. Manifestement, la crise de 1929 en est venue à bout. Jules s'est alors initié aux cépages. Il avait le goût du vin, comme son frère. Il s'est retrouvé maître de chai chez Savignon et Victor a vendu ses flacons, ceux qu'on expédie à Sète et ceux qu'on garde en Algérie. Les vins ne se vendent pas comme de vulgaires chemises. Il faut les accompagner, obtenir qu'ils s'ouvrent avant de les faire sentir, puis instruire l'amateur qui y porte les lèvres. C'est un métier de marabout. Est-ce son accent à moitié bourguignon, moins prononcé que celui de son frère Jules, mais suffisamment marqué pour qu'on l'entende ? Il agit sur les clients comme s'il possédait la clef de leur désir. Un mage déguisé en brave homme.

Blanche et Victor sont à la tête d'une famille impétueuse. Un clan de filles. Certes, ils ont eu deux fils, Albert et Robert, mais Robert est mort à seize ans, en 1920, et Albert, survivant au milieu de six filles, a pris le large dès qu'il a pu. Les naissances des six gamines s'échelonnent de 1891 à 1908 : un vrai petit pensionnat ! Blanchette ouvre le bal, puis Marguerite, Odette, puis les jumelles, Suzanne et Germaine, et en bout de course, Yvonne. Il y en avait une autre, Jeanne, mais elle est morte elle aussi, toute petite, il y a longtemps. Au bercail, ça tempête, ça regimbe, ça se dispute ; l'amour les soude tout en les déchirant. Les querelles intestines couvent ou explosent, comme celle des jumelles dont plus personne ne sait pourquoi elles se sont fâchées en devenant adultes. Malgré tout, on donne le change, on forme une famille. De toute façon, maintenant, Germaine vit avec Marius.

Marius, le bel orphelin dont la gentillesse n'a d'égal que la droiture. Grand, costaud, avec cet air mélancolique que les années métamorphoseront en amertume. Il a été un gamin aux cheveux longs et bouclés. Les petits garçons ressemblaient alors à des filles, il ne fait pas exception à la règle. On dirait qu'au seuil de l'âge adulte, il a ôté sa perruque d'infant. Ses traits sont doux, un peu datés, nez aquilin, raie sur le côté. On ne lui donne pas d'âge alors qu'il est plus jeune que sa femme. Elle, en revanche, a une beauté moderne : bouche charnue et visage plein, à rebours de son époque qui admire les pommettes saillantes et les lèvres minces.

Henri est venu aussitôt, en 1926 – qu'ils ont choisi d'appeler comme ça parce que c'est le prénom du grand-père paternel. Simone, née six ans après lui, gît au cimetière Tamashouet d'Oran où les dates de sa courte vie (1932-1937) ont sans doute été inscrites sur une tombe dont il ne reste rien.

Ici, je dois anticiper avant de revenir au drame qui a frappé mes grands-parents. En 1939, deux ans après la mort de Simone, Germaine donne naissance à un troisième enfant, Marcel. Qui peut dire si Marius et elle auraient préféré une fille ? Comment se résoudre au remplacement ? Comment reprendre le chemin de la peur qui murmure à l'oreille que si la petite a succombé alors que son grand frère Henri est toujours debout, c'est sans doute que les garçons ont plus de résistance ? Ce sont les filles qui meurent. Marcel comble un vide sans refermer la plaie. Trois ans plus tard, Robert voit le jour et clôt la succession. Germaine a quarante-deux ans. Elle ne pouponnera plus.

Dix ans passent sans photos. Des traces de sa fille, Germaine a fait table rase. Elle a brûlé ses souvenirs. Le bout de film que je regarde une fois encore a échappé au grand effacement, on se demande comment.

La caméra de Marius fait l'impasse sur la petite enfance de Marcel et Robert. Quand ils apparaissent, ils ont déjà sept ou huit ans. Néanmoins, Germaine les a mis au monde, et avant cela, les a fabriqués. Il a fallu un peu de temps mais elle a fini par admettre qu'on ne pouvait pas s'en tenir au chagrin et vivre dans le culte de l'absente. Elle a cédé comme elle a pu, au terme de batailles féroces. D'abord arc-boutée sur sa position, incapable d'avancer, convoquée par des souvenirs insignifiants. Elle revoit le petit torse étroit, entend ses cris haut perchés. Elle ferme les yeux pour être avec elle. Elle ignore comment on peut sauver un peu de répit dans cette forêt de herses, mais elle constate que se souvenant de sa fille, elle arrache d'intenses secondes à la douleur. Et elle est prête à se faire un mal de chien pour ces quelques bulles en suspension. Ce sont des éclats de lumière impossibles à retenir, et qu'elle s'acharne à saisir avant qu'ils s'évanouissent. Chantier quotidien, effort répété, unique obsession. Traquer des fragments que personne ne voit mais qu'elle perçoit dans l'ombre de sa chambre.

Lorsqu'elle en sort, elle est détruite. Ces intervalles irréels avec Simone, elle les gagne au prix de sa vie. Elle en meurt. Elle meurt de faire revivre son enfant. Marius la voit faire, la devine, il sait ce qu'elle ressent. Il sait à quoi elle joue, il sait ce qu'il en coûte de traquer ces chimères qui s'éteignent dès qu'on les approche. Lui, il résiste. Il résiste à l'odeur, à la voix, à la taille du corps qu'il a couché dans le cercueil de quatre-vingt-dix centimètres. Il a empêché sa femme de regarder Simone, mais il a veillé sa fille toute une nuit, et quand Germaine a repris conscience au matin, il avait déjà fermé le couvercle et enfoncé lui-même les quatre vis. Il n'est pas question maintenant de lâcher la rampe. Parfois, la petite se met à courir dans sa tête, et il la chasse. Il a cette force. La mort, il l'a connue de près. Il sait ce que c'est de céder au sucre du chagrin. Il a appris à résister. Il n'a pas eu le choix. Il a supporté la disparition de son père, le brusque déclin de la famille, la pension modique, insuffisante, la précarité après une relative opulence. Il lui a fallu ravaler sa morgue, lâcher les études et les copains, subvenir aux besoins de sa mère. Des boulots humiliants, fastidieux, en deçà de ses compétences : manutentionnaire sur le port, garçon de course à l'hippodrome. Et puis sa mère est morte elle aussi. Il se demande s'il ne s'est pas inscrit à la boxe pour affronter cette chose invisible qui le poursuit depuis toujours : la perte.

Alors, quand il contemple son épouse étendue, avec ce pâle sourire esquissé, il la secoue.

— Laisse-moi..., chuchote-t-elle. Mais il l'aime trop pour la laisser. Il revient à la charge, lui propose une soirée au théâtre ou un dîner en ville. Ils peuvent se le permettre ; il n'a pas beaucoup d'ancienneté à la banque, où il a démarré comme grouillot, mais son salaire est honnête. Yvonne aussi est là, présente, aimante, même si chez elle il y a Lucette qui vient de naître, et surtout la petite Janine qui a l'âge de Simone. Les deux cousines ne se ressemblaient pas mais elles ne se quittaient jamais. L'une châtain, les yeux noisette, téméraire, l'autre blonde, les yeux clairs, trottinant derrière sa partenaire non sans des regards épouvantés par son audace. Parfois, les parents se cachaient pour les observer dans le jardin. Le petit tandem restait soudé, Simone fouillant les buissons, trouvant un caillou, une herbe, un je-ne-sais-quoi pour jouer, Janine serrant contre elle une poupée en chiffon, lorgnant les trésors de sa cousine, n'osant pas même caresser un poussin que son grand-père lui avait apporté. C'était drôle de les surprendre dans leurs jeux, de percevoir leurs différences jusque dans leurs façons de bouger.

Quoi qu'il en soit, Germaine refuse tout en bloc. Pas de musique, pas de sorties, pas de visites. Elle se concentre sur son travail tout en admettant qu'elle n'y arrive pas. Aux hypothèques où Suzanne, sa sœur jumelle, est également employée, elle a du mal à croiser les regards emplis de compassion, et ses paupières se ferment au moindre effort. Je suis exténuée, dit-elle à tout bout de champ. Bien sûr que tu es exténuée, tu ne manges rien, s'exclame Marius, lui-même si épuisé que parfois, il vient s'allonger auprès d'elle et se blottit contre son corsage tiède. Le boxeur se transforme en petit garçon durant quelques minutes. Elle enroule son bras autour de son cou, lui caresse le front, embrasse sa tempe brûlante.

L'hiver ne lui a jamais paru si ensoleillé, avec ce ciel uniforme et dur. Elle ferme les persiennes dès onze heures. La chambre qui même en été reste fraîche, parce qu'elle donne au nord, est son sanctuaire. Marius s'endort dans les bras de sa femme. Il a les cheveux fins, des cheveux de nouveau-né qui volettent chaque fois qu'elle respire, le nez au-dessus de son crâne. Elle garde les yeux ouverts, fixes, butant sur la tapisserie d'en face qu'elle distingue parfaitement dans l'obscurité diurne. C'est un motif rouge, avec des roses un peu en relief. Elle avait envie de ça lorsqu'ils ont fait construire. Il faut qu'ils déménagent. Comment resteraient-ils dans cette maison où a vécu Simone ? Comment pourraient-ils la quitter ? pense-t-elle aussitôt.

Elle sent que son bras s'ankylose. Elle ne bouge pas, guette l'insensibilité qui gagne. Si sa tête pouvait s'ankyloser elle aussi. Elle a cru entendre le piano mais non, Yvonne ne touche plus le clavier depuis des semaines, et ce n'est pas Henri qui risque de s'y mettre. Il a horreur de ça, on dirait qu'il prend un malin plaisir à écorcher les partitions. D'ailleurs, elle doit le forcer à travailler. Elle décide de se lever, ne pense plus qu'à ça, soudain, trouver Henri qui doit lire *Cœurs vaillants* ou dessiner dans un coin. Elle doit lui rappeler qu'il a un concours bientôt, qu'il n'arrivera à rien s'il ne passe pas du temps à son vieux Pleyel. Le dessin, ce n'est pas un métier. La musique non plus, cela dit, sauf à être concertiste et il est peu probable qu'Henri le devienne. Il n'empêche, la musique ouvre l'âme, dilate les sens. Son fils est un garçon adorable mais il est si naïf ! Il soulève des haltères comme son père, il fait des pompes constamment, il ne pense qu'à ses muscles et au dessin. Alors qu'il est d'une sensibilité de chat ! Elle ne s'occupe plus assez de lui, elle le sait. Tout à son deuil tandis qu'il se débrouille comme il peut avec son propre chagrin.

Elle bascule la tête de Marius qui grogne, ronfle doucement. Son bras libéré est comme un bout de bois. Avec mille précautions, elle quitte la chambre. La maison a l'air vide, elle appelle, Henri ! Henri ! Croise son propre reflet dans le miroir du corridor, se reconnaît à peine.

Dans la chambre du fond, elle trouve son fils assis par terre, crayonnant comme elle le prévoyait. Il la voit débouler, lui adresse un sourire incertain. Elle décèle dans ses yeux de l'anxiété, une appréhension qu'elle n'y a jamais vue, lui qui est si confiant, d'habitude, et qui l'appelle Mime, « ma Mime adorée » – au point que désormais, la plupart de ses proches lui donnent ce surnom à la place de Germaine.

— Tu as fait ton piano ? lui demande-t-elle.

— Pas encore...

Immédiatement, cela l'énerve.

— Tu attends quoi ?

Il se redresse, laisse tomber son carnet. Sort de la pièce, va jusqu'au meuble en traînant les pieds. Mime le suit. Les partitions sont entassées juste à côté, il les connaît par cœur, ça ne l'empêche pas de les égratigner.

— Allez, mon fils, courage, lui dit-elle en s'installant près du vitrail qui filtre le monde extérieur.

Elle se laisse absorber par la couleur du dehors. Henri, lui, joue tout en rêvassant comme cela lui arrive le soir, avant de s'endormir, quand il n'est pas rattrapé par des questions idiotes : est-ce que je serais prêt à donner ma vie pour que ma sœur revienne ? Est-ce que je donnerais une jambe ? Un bras ? Un bras, oui, c'est sûr qu'il l'offrirait de bon cœur. Deux bras, c'est déjà moins sûr.

Il achève sa partition, se tourne vers sa mère.

— C'est bien, dit-elle, continue.

Il ne peut plus la regarder sans penser à Simone. Il se remet à jouer, consent à perdre les deux bras pour que sa petite sœur revienne, et même tout le corps. Il aurait dû la protéger, s'interposer entre la maladie et elle, faire quelque chose. Sa détresse est plus grande que son chagrin. Il éprouve une incompréhension qui tinte sans fin contre les parois de son crâne. Il en deviendrait fou s'il ne se transformait alors en preux chevalier. Ou en fauve. C'est ce qu'il préfère : galoper pour se délivrer des fardeaux humains. Il a aperçu la photo d'un loup dans un album de la librairie Manhès, et s'échine à le reproduire. Il a dessiné ses pattes, sa gueule taillée au couteau, ses yeux rapprochés aux pupilles minuscules. Il pense à son beau masque impavide en exécutant l'une des sonates de ses *Classiques favoris*. Il doit travailler Chopin pour son prochain cours. Aucune envie. Pourquoi sa mère l'oblige-t-elle à faire du piano ? Pourquoi répète-t-elle que la musique, seule, exprime la douleur des dieux et l'impuissance des hommes ?

3

ORPHÉE

L'Algérie des années trente n'est plus le pays de migrants et de parias qu'elle a été. C'est une province française où a éclos une bourgeoisie moyenne avec ses castes y compris à l'intérieur d'un même rang social. Commerçants, artisans, instituteurs. Fonctionnaires, entrepreneurs, soignants. Les colons, minorité possédante, cultivent la terre, élèvent la vigne. Ce sont eux qui exploitent la main-d'œuvre indigène. Ça n'empêche pas qu'ils en soient parfois plus proches que les citadins pauvres ou sans fortune, parce que travailler le vignoble soude les corps. La campagne de cette Afrique ressemble à un Far West : les origines importent moins qu'en ville, on se fréquente par la force des choses, et la solidarité lie les gens. Sans doute davantage qu'à Oran, Mostaganem, Alger ou Constantine, où Européens et Arabes se côtoient sans se mélanger. Poussés sous le même soleil, ils se ressemblent sans l'admettre. Jumeaux indifférents.

Les promesses d'égalité n'ont pas été tenues, c'est le moins qu'on puisse dire, et personne ne semble s'en soucier. Même pas eux, les Arabes, qui ont donné leur vie en

14 et la donneront encore, au service d'une patrie qui systématiquement les oublie. Ils sont là pourtant, dix millions à vivre au côté des pieds-noirs. Des ombres en burnous qui font partie du décor. Des figurants. On ne parle pas arabe à l'école, même quand les maîtres sont musulmans. On n'accorde pas d'aide particulière aux clubs arabisants ou aux associations valorisant la langue kabyle. Les élites musulmanes – il y en a – comprennent vite qu'il vaut mieux entrer dans le jeu et passer des diplômes français. Mais les choses ne sont pas aussi simples, car on enseigne aussi l'agriculture aux indigènes à qui on offre du matériel et que l'on aide. Quant aux écoles coraniques, aux femmes voilées, à la culture arabe, elles existent. En parallèle, mais elles existent.

Les enfants, eux, partagent les mêmes bancs à l'école. Espagnols, Français, musulmans, sépharades, berbères, catholiques, tous se retrouvent dans le même bain. Henri a des copains ibériques, juifs, arabes. Mieux que ça, il est un des rares Français d'origine parmi des gosses venus d'Andalousie ou de l'Atlas. Coup de chance, en passant du primaire au lycée, il a gardé ses copains Faradji et Boussif. Aucun des deux néanmoins n'est capable de le rassurer sur ce qui le préoccupe vraiment en cette veille de Noël. Ni le Front populaire, ni la guerre d'Espagne – il laisse à ses camarades les bagarres entre Croix-de-Feu et républicains. Non, ce qui l'obsède, c'est de savoir si ses parents ont l'intention de marquer le coup. De se mettre en cuisine, au moins. Déjà qu'en temps normal, les fêtes de fin d'année ne sont pas fastueuses. Au fond de lui, il sait qu'il n'y aura rien. Un repas chez Jules et Jeanne ou chez ses grands-parents, peut-être, et encore, inutile d'espérer un banquet, trop de disputes auxquelles s'ajoute le deuil.

Il a été si insouciant et voilà que son bonheur est parti en fumée. Pour tout arranger, il déteste le lycée. Sa première année de sixième est une catastrophe. Il est mauvais en maths, mauvais en français, mauvais en géographie, mauvais en langue, car on lui a imposé l'anglais alors qu'il parle facilement l'espagnol dans la rue, avec la bande de Martinez. Mais l'école s'ingénie à ne pas utiliser les talents de ceux qu'elle forme. Du coup, il s'en évade par tous les moyens. La seule chose qui l'intéresse, c'est la mythologie. Les héros grecs le passionnent, ils lui donnent de multiples exemples de bravoure et, toute sa vie, il leur devra d'être celui qu'il est. Hector, Achille, Ulysse bien sûr, l'ingénieux Ulysse, son préféré.

Il passe des heures à lire son odyssée, des heures à dessiner son périple dont les ruses l'émerveillent. C'est un bon moyen de retenir. Même sa mère qui lui a demandé de consigner par écrit ce qu'il apprend dans la journée, doit bien convenir que son coup de crayon témoigne d'un vrai don pour son âge. Son professeur d'histoire, M. Benjella, est un vieil homme droit aux sourcils broussailleux qu'il a baptisé Priam. Le genre à frapper sur les pupitres avec une baguette. On entend une mouche voler entre les rangs. Miracle, il a une façon de raconter qui subjugue. La Toison d'or, les travaux d'Hercule, la guerre de Troie, les Argonautes. Il suspend la classe à ses lèvres, métamorphose ses leçons en aventures palpitantes. Avec des digressions, des échappées, des retours en arrière qui sont autant d'enluminures. Henri écoute. Ces histoires le fascinent.

Seule la légende d'Orphée le met au supplice. Eurydice, sur le point d'être sauvée, perdue au dernier moment ! Cela le sidère. Il est furieux que le jeune poète se soit retourné alors qu'il n'en avait pas le droit. Il ressent son échec comme une offense personnelle. Bien sûr, il comprend qu'il s'inquiétait pour sa bien-aimée, mais que n'a-t-il tenu bon ! Lui ne se retournerait pas si Hadès lui rendait Simone. Il avancerait coûte que coûte, obéissant scrupuleusement aux conditions. Hadès ne les a pas données en vain. Les dieux veulent être sûrs qu'on les a entendus.

Henri s'imagine au sortir des Enfers, le cœur battant de redonner vie à sa petite sœur. Il imagine la scène, la passe et la repasse dans sa tête. Les yeux sur l'estrade où se tient le professeur, il franchit le Styx, cherche Simone dans les ténèbres et repart avec elle. Elle l'appelle mais il résiste, file droit. M. Benjella s'avance vers lui. Bien obligé d'interrompre sa rêverie. Le temps d'adresser un regard pénétré à son professeur, il repart chez les morts. Reprend depuis le début. Parlementer avec Hadès, aller chercher Simone, lui saisir la main puis la devancer, regagner avec elle la terre des vivants qui ressemble à la crique où il se baigne avec Boussif et Faradji. Chaque fois, il éprouve un mélange de joie ardente et d'accablement. Il imagine l'émotion de ses parents. Collés l'un à l'autre, debout à la lisière de l'eau, dans une lumière dorée qui auréole sa victorieuse apparition et fait de Simone un ange ressuscité.

Et puis, un jour, il ne trouve plus de consolation à son petit scénario sur mesure. Il bute sur quelque chose. Il sent que la portée du mythe est ailleurs. Il se dit que les dieux voient ce que les hommes ne perçoivent pas, ils voient par-dessus leurs épaules. C'est pourquoi il faut leur obéir : regarder devant soi, non pour esquiver la catastrophe, mais pour y survivre. Il a onze ans et c'est assez pour digérer la leçon d'Orphée, admettre que si les tragédies existent, elles ne méritent pas qu'on s'y attarde. Aller de l'avant, ne jamais se retourner. L'enseignement est aussi simple que ça.

À la sortie du cours, il a de nouveau le réflexe de vouloir sauver sa sœur – il ne cède pas. À la place, il réintègre sa peau de loup, reprend sa course. Le vent cingle ses flancs. Le chemin jusqu'à la maison n'est pas long, il fait en sorte de le prolonger, lambine sur le boulevard, traverse le quartier juif, regarde les vitrines des trois magasins de jouets qui se succèdent. Le tram le dépasse. Il s'amuse à le courser, bifurque avenue d'Oujda, traîne devant la maison Daurade dont le jardin parfaitement agencé a le noble visage de la France. Il remonte la rue sans se presser. La brûlerie est sur le point de fermer et l'odeur du café qui de bonne heure donne au quartier sa note triomphante, s'est évanouie dans le froid de l'hiver. Le patron, M. Nizière, est un grand type au regard soyeux qui lui lâche un vague sourire en fermant son rideau de fer. Henri bafouille, bonjour, m'sieur, en accélérant le pas. Ce type-là l'intimide, il lui fait penser à Ulysse. Un de plus sur sa liste à qui il donne le nom d'un héros grec. Le cafetier du Sébastopol, un chauve impérial dont la femme est bien trop jolie pour lui, enfile l'identité de Ménélas. Le palais du vrai Ménélas ne doit pas sentir l'anisette et la sciure de bois mais peu importe. Henri imagine qu'il vit royalement, en face, dans cette demeure silencieuse qui arbore le drapeau du Guatemala. Après, il y a l'épicerie de Fernandez qui ne ressemble à rien ni à personne. L'entrée de sa boutique n'en diffuse pas moins quelque chose de prometteur grâce à son rideau de perles qui ondule avec le vent. Il y passe la main, joue avec les lanières, retient le temps, arrive chez lui avec des semelles de plomb. Ouvre le portail, accède à l'escalier comme à un catafalque. Au moins sa mère n'est-elle plus derrière lui, à surveiller ses allées et venues. À peine rentrée du travail, elle s'enferme dans sa chambre. Le vestibule est glacial, il jette son cartable par terre, et soudain, elle apparaît. Il ne voit que ses yeux liquides dans un masque blanc.

— Tu as bien travaillé ? demande-t-elle.

Yvonne est là, qui marche à sa suite comme si elle s'apprêtait à ramasser les morceaux de sa sœur. Henri embrasse les deux femmes. Il n'ose pas leur demander si elles envisagent d'installer la crèche de Noël ou de se mettre en cuisine. Il évoque M. Benjella, sa mine sévère de vieux Priam. Il montre ses croquis à sa tante qui s'extasie, requiert l'attention de sa sœur : Viens voir comme ton fils a du talent ! Henri croise le regard de sa mère dont les lèvres s'entrouvrent puis se referment sans un mot. Il sait bien ce qu'elle pense, il devine que sa fierté se double d'une sourde blessure face à ce qu'il incarne, lui, l'enfant rescapé de l'année 1937 qui s'achève bientôt.

Le lendemain, il repart. Cette fois, la brûlerie Nizière grille ses grains de café, répandant cet arôme qui pour lui, à jamais, sera le parfum d'Eckmühl. Dans le tram, il voit passer la femme de Ménélas. Il galope dans les montagnes et grimpe vers les sommets. S'enfonce dans la neige qui durcit à mesure de son ascension. Il n'a jamais vu de neige mais son grand-père Victor lui a raconté qu'elle étincelait. Il ne faut pas se fier à son or immaculé, a-t-il prévenu en levant les sourcils. Parfois, elle est légère comme une poudre, parfois, elle est collante comme une glu, compacte comme une semoule trop cuite...

Il vole, ses pattes aussi souples que des ressorts effleurant le sol pour le faire rebondir plus loin. Il entend le craquement de la glace, d'instinct, il reconnaît les gémissements de la nature que la pellicule blanche a ensevelie. Il est ivre de sa vitesse au point qu'il a failli rater son lycée. Derrière la grille, il rejoint sa meute. Faradji lui saute dessus en criant :

— C'est Noël !

— Pas encore, mon vieux, et je ne sais pas ce que je vais faire...

Faradji réalise qu'il a gaffé, échange sa mine réjouie contre une face accablée qu'Henri s'empresse de dissiper. Il a noté cependant l'empathie de son ami. D'ailleurs, tout le monde est plus gentil avec lui depuis deux semaines, surtout ses professeurs qui sans le couvrir de caresses, lui témoignent un degré de sollicitude supérieur. Il n'en est pas moins l'un des cancres les plus assidus de la classe.

Il a encore récolté une mauvaise note en maths, récupérant sa copie tête basse. Le maître avait l'air plus mortifié que lui. Vous avez encore le temps de vous reprendre, jeune homme, a-t-il dit en braquant ses yeux sur le rebord de la fenêtre.

Se reprendre, oui. Il veut bien se reprendre. Il y aspire de toutes ses forces. Mais les maths... En revanche, il est prêt à travailler le français, ça oui. La poésie aussi car il a appris à goûter sa musique. Écoute, lui a dit sa mère un matin, écoute comme c'est mélodieux... Elle s'est mise à lire de sa voix claire, lui souriant entre chaque strophe.

Au comble de l'extase, il a songé : elle m'aime toujours.

4

UN VOYAGE DANS LE BLED

Le film de mon grand-père est exsangue, je ne peux plus le regarder. Je lui laisse récupérer sa force d'évocation et je me lance dans l'écriture de ce livre. Me voilà nageuse des grands fonds, athlète d'une mémoire familiale que je traverse en brasse coulée grâce aux mots. Mes apnées sont variables. Parfois, au moment de prendre ma respiration, je sens tout de suite que je ne tiendrai pas. À bout de souffle au moment de plonger. Parfois, au contraire, la paisible rythmique de mon cœur me donne la sensation que tout sera facile, le butin fastueux. La privation d'oxygène s'impose alors à moi comme un état naturel, je suis à deux doigts de devenir poisson, apte à me faufiler dans les limbes de mon ascendance. Je m'enfonce dans le temps. J'ausculte les défunts. Je navigue entre deux eaux, dans ce passé qui ne m'appartient pas et dont pourtant je témoigne, quitte à inventer bien sûr. On fait cela quand on écrit. On part de ce que l'on connaît, et on modèle, on façonne, on modifie. Ce n'est pas simple, il faut trouver la clé. Les gens qu'on a fréquentés dans la vie ne se donnent pas plus facilement que les personnages fictifs. Il faut chercher par quel bout les prendre et souvent, ils sont plus exigeants morts que vivants. Quant aux disparus de longue date, ceux que la mémoire a pétrifiés, ceux que d'autres ont croisés, aimés, ceux dont la seule trace nous vient de nos pères ou mères ou oncles, ceux-là nous rendent plus redevables encore de la juste note.

Je circule dans un espace mouvant, liquide, dont les ruines se reconstituent bizarrement. Les pierres de mon histoire ont l'air solides mais elles peuvent s'effriter à cause d'un détail. Un adjectif de trop effondre l'édifice. Plus rien ne me semble vrai alors, tout est à refaire. Je persévère dans des paysages sous-marins qui n'existent pas.

Et d'abord, pourquoi m'obstiner à une telle entreprise ? Pourquoi vouloir dire qu'ils ont vécu, ma grand-mère, mon grand-père Marius et leur petite fille, leur fils Henri qui est mon père, et les autres ? Pourquoi mériteraient-ils d'entrer dans une vie de papier ? Pourquoi prétendre faire d'eux des personnages alors qu'ils ne m'ont rien demandé ? Je ne vise aucune réparation. Juste dire qu'ils ont eu cette vie. Qu'une existence de cinq ans mérite d'être au monde plus longtemps qu'elle ne le fut. Je ne veux rien rattraper mais tout rappeler, rien racheter mais tout reconstruire. Me faufiler parmi des gens que pour certains, je n'ai pas connus, et auxquels je me sens attachée comme je le suis à tous ceux qui éprouvent la fugacité du passage sur terre, l'obligation de devoir apprendre à mourir. Comme ils sont déjà morts, ils me parlent. Ils m'aident. Ils ont des choses à m'enseigner.

Cette guerre d'Algérie est un crève-cœur et l'histoire de mes grands-parents, puis celle de mes parents, a été le théâtre d'une marche collective qui leur a fait payer au centuple le simple fait d'être nés sous le drapeau de la colonisation. Payer pour le passé : c'est le cas de la plupart des guerres, mais celle-ci a vu tout un peuple enseveli par la honte et le silence. Obligé de tout quitter du jour au lendemain et tenu pour responsable des prétentions de l'époque.

Oh oui, cette Algérie était sans doute un mirage, elle était injuste, violente – mais il y avait encore des niches d'espoir dans ces années-là. Des rêves possibles. Qui sait ce qui habitait le cœur d'Odette, l'une des sœurs de Germaine partie dans le djebel comme infirmière pour s'occuper des autres ? Mère d'une petite Éveline que tout le monde appelle Line, née en 1923 sans père pour la reconnaître. Femme libre, Odette, pas prête à s'encombrer d'un bébé, qu'elle commence à placer en nourrice, à Paris, avant de le récupérer huit ans plus tard, comme si de rien n'était.

À Ténira, dans le Sud algérien où désormais Odette et sa fille vivent ensemble, il y a quatre rues, une école, une poste et deux épiceries. Dans les champs alentour, trois colons s'échinent à faire pousser un peu de vigne. Le soleil y est impitoyable l'été. Odette exerce infatigablement son métier d'infirmière-visiteuse. Elle veut apaiser, guérir. Elle va d'un douar à l'autre, et quand elle n'est pas sur la route, elle rejoint le dispensaire de Ténira où les soins sont gratuits. Elle-même ne fait rien payer bien sûr lors de ses pérégrinations. Elle s'occupe des femmes, surtout. Les antibiotiques n'arriveront qu'après-guerre, grâce aux Américains, alors elle se débrouille. Elle se bat contre la typhoïde, la malaria, le typhus. Les Arabes la remercient avec des galettes de blé qu'ils font cuire sur une pierre chaude. Parfois, ils lui donnent un maigre poulet ou un gâteau de semoule. Elle redistribue tout, ils ont si peu. Et puis, elle préfère le pain français qu'elle achète dans la minuscule boulangerie de sa rue. Il arrive qu'elle prenne le thé avec les villageois. Un thé brûlant qui laisse dans la bouche un goût de métal. C'est la rançon du Sud : on s'accommode au chaud en ébouillantant son palais. Puis on se vêt, on se cache, on s'enveloppe. On s'allonge, on parle peu, on attend que l'ombre gagne.

Odette, elle, s'active, toujours sur la brèche. Elle ausculte, examine les langues, palpe les ventres, découvre les peaux abîmées, pince celles des petits que la fièvre menace d'emporter. À la sécheresse de l'épiderme, à la profondeur des orbites, elle sait s'ils ont une chance de s'en sortir. Elle est rarement prise en défaut sur ses intuitions. Les jeunes accouchées, les vieilles mères et quelques vieillards l'apprécient. Les autres se contentent de baisser la tête quand elle passe.

Mime et Marius ont décidé d'envoyer Henri passer quelques jours chez elle en ce début d'année 1938. Le bled lui fera du bien le temps des vacances de Noël. Henri ne s'attendait pas à ça. Il est content. Tout plutôt que ses parents dévastés, ses oncles et tantes affligés, ses grands-parents abattus – même si Victor qui comprend tout lui a ouvert les portes de sa maison. Mais le Sud, c'est autre chose !

Il découvre l'horizon sans la mer, l'odeur de la terre et des pierres. Il est ébloui par la plaine brique, les rocailles comme des stèles. Il rêve devant ces étendues infinies où les collines et les ravins dessinent des îlots. Il contemple les cyprès et les grands magnolias qui ombragent le sol quand la chaleur aveugle, même en ce mois de janvier 1938 où les aubes sont glaciales. Sa jeunesse s'adapte vite à cette existence rude. On se lève tôt, on se couche avec les poules, celles qui caquettent derrière la maisonnette d'Odette. Le reste du temps, on sillonne le pays. Toilette sommaire avec l'eau du puits, repas copieux une fois par jour, sommeil de plomb.

Line et Henri accompagnent l'infirmière à travers les hauts plateaux. Il a joué des dizaines de fois avec Line, à Oran, et il est venu à Ténira avec sa mère, il y a quelques années, mais il n'avait pas mesuré ce qu'était leur vie, ni le quotidien de sa tante. Sur les routes poussiéreuses, Laïd, l'auxiliaire médical, les conduit. C'est un jeune Kabyle aux yeux jaunes, aux traits fins, à la peau déjà tannée. Souvent, Odette lui prend les rênes, et dirige la mule à sa place. Laïd reste à son côté ou va s'asseoir derrière, calant son dos sur le dossier latéral du chariot. Il ferme les paupières mais il ne dort pas, il guette. Les bruits, les chocs, les insectes, les nuages, rien ne lui échappe.

Henri adore être trimballé dans la carriole avec sa tante qui s'adresse aux enfants comme s'ils n'en étaient pas. Elle possède un réservoir d'anecdotes qui le captivent, et surtout, elle ne s'apitoie jamais. Le 9 décembre, elle a reçu un télégramme de Marius et Germaine : « Simone partie pour toujours », et depuis, elle pense au chagrin de sa sœur. Elle lui a écrit, mais elle est paralysée par la douleur des gens quand ils sont trop proches. Et puis, il n'y a pas de guérison possible pour ce genre de souffrance. Elle se souvient de la détresse de son frère Albert à la mort de sa fille. Et maintenant, Simone. Elle a passé comme ces gosses qu'elle voit mourir ici, fiévreux et souriants. On parle de méningite pour sa nièce, mais Odette se demande si elle n'était pas épileptique.

Elle n'était pas à l'enterrement, elle ne pouvait pas s'absenter. Elle demande à Henri si la cérémonie a duré longtemps. Il ne sait plus. Il se rappelle juste que quelqu'un a empêché les gosses d'y assister, son père sûrement, ou alors une tante qui s'est mêlée de ce qui ne la regardait pas. Il s'aperçoit que la famille constitue une entité obscure contre laquelle il nourrit du ressentiment. Il commence à comprendre les agacements de son père. Sa mère n'y est pour rien. Personne n'a le droit de toucher à Mime de toute façon. Odette est assez fine pour ne pas se risquer sur ce terrain, et puis elle aime sa sœur. Elle l'aime tellement qu'elle s'est épuisée à la convaincre de venir à son mariage, en 1929. Elle la voulait comme témoin avec Suzanne, la jumelle que Mime ne veut plus voir à cause de cette querelle dont personne ne sait ce qui l'a motivée. Les filles ont accepté de se faire face le temps de la noce, rassemblées pour la bonne cause, célébrant cette union hors des clous dont la mariée était déjà mère et dont l'époux, un légionnaire belge, avait accepté de reconnaître Line. Il aurait fait n'importe quoi pour Odette – qui l'a finalement répudié comme un amant dont on se lasse. Deux ans après lui avoir accordé sa main, elle a réclamé le divorce. Il l'aimait toujours, pas elle. Sans foi ni loi pour ce qui concerne son plaisir. Sans regret non plus. Cet appétit de vivre lui donne un charme irrésistible même s'il fait des dégâts autour d'elle. Peut-être est-ce la raison pour laquelle elle répare les corps ?

Cinq ans après, elle a gagné la médaille des épidémies. *Oran-Matin* a souligné son abnégation. Ce sont ses parents qui le lui ont dit car elle n'avait même pas vu l'article. Elle ne soigne pas pour être récompensée. Elle soigne par vocation. Son métier la passionne et lui permet d'être autonome. Odette a toujours choisi son indépendance contre sa descendance.

Henri lui parle avec confiance, elle l'écoute tout en dirigeant la mule. Line aussi écoute. Elle est grande maintenant, 14 ans, elle a appris à connaître sa tripotée de cousins – et sa mère. Au début, elle restait sur ses gardes, elle se taisait. Elle lui en voulait. Elle lui en voulait surtout de se faire passer pour sa tante. Quand on lui demandait : Oh, mais qui est cette jolie petite fille ? Odette répondait : C'est ma nièce... Du coup, Line refusait de l'embrasser. Chez ses grands-parents aussi, elle se sentait étrangère. Elle n'osait pas parler au milieu de ce brouhaha où de toute façon, il fallait forcer la voix pour se faire entendre. Avec les années, elle a trouvé sa place. Pas à pas, en silence.

— Ah ça, il est pas commode, mon cher beau-frère ! s'exclame soudain Odette en riant. Il est d'une sévérité exemplaire !

Line tressaille. Henri hoche la tête car oui, son père est sévère. Taciturne et capable de coups de gueule effrayants. Line se demande si elle ne préférerait pas un père implacable plutôt que personne. Elle pense à ceux qui l'ont élevée avant que sa mère revienne la chercher. Elle songe à cet arrachement qu'on lui a imposé au nom de la généalogie et dont elle-même ne se souvient qu'à travers une nasse. Parfois, des souvenirs la traversent qui sont comme des coups d'épée dans son jeune thorax. Elle pleure puis se console. Elle a une bonne nature, un humour que la douleur a aiguisé, une force hors du commun. Elle ne le sait pas encore, mais elle est armée pour une existence longue. Longue et pleine de coutures.

À ce moment-là, un chaos manque les faire tous tomber. Laïd se redresse. Odette tire les rênes. Sa peau brille au-dessus de la lèvre supérieure. Un panneau sur la route signale Sidi Bel Abbès à vingt kilomètres et Sidi Chaib à quarante-quatre... Henri sourit comme si c'était une bonne nouvelle. Puis il lève les yeux vers l'horizon parme, s'extasie devant le petit matin. Line lui prend la main d'un geste tendre.

Odette se réjouit de cette complicité. Elle apprécie son neveu dont elle sent qu'il s'épanouit ici. Il dessine partout. Un coin de journal, un bout d'emballage, la couverture d'un vieux cahier, et même le papier peint de la petite pièce où elle dort avec Line, et qu'elle lui a abandonné car il se décolle. Il a imaginé une bande dessinée avec des petits personnages aux traits simples, comme dans *Tintin*. Odette et Line se plaisent en sa présence. Il est serviable, dépourvu de malice. Intelligent, oui, mais d'une pureté qui confine à la candeur. Étourdi, lunaire. Toujours étonné de découvrir des choses, acceptant d'être contredit dans ses choix. La plupart des gosses campent sur leurs positions, aiment leurs habitudes, pas lui. Odette sent combien il est affamé de savoir, combien il désire se perfectionner, grandir. Elle l'interroge sur le lycée, il évoque son professeur d'histoire, Priam, sa prof de piano du Conservatoire, Circé, et tandis que Line rigole, égayée par la présence de son cousin, Odette devine combien Henri, loin d'être un cancre comme le suggère Mime, a l'étoffe des jeunes gens les plus prometteurs.

La route est devenue difficile à mesure qu'elle grimpe. Cailloux, nids-de-poule. Dans le ciel où le soleil s'installe, Henri aperçoit des rapaces qui volent très haut puis fondent sur la terre fumante. L'air est vif, il ferme les paupières. Laïd passe devant, reprend les rênes. Arrivés à la cime de la colline, ils sont accueillis par un vieil Arabe dont le chèche blanc est assorti à son burnous. Il fait signe d'avancer encore, actionnant ses bras comme un agent de la circulation. La carriole s'immobilise un peu plus loin, le long d'une ferme aux ouvertures si basses que pour y entrer, on doit baisser la tête. Je vous accompagne, dit le vieil homme tandis qu'Odette saute à terre. Des enfants se sont rassemblés et regardent fixement les arrivants. C'est le chargement qui les intéresse. Henri, toujours juché là-haut, a conscience de son importance. Il se redresse, fait semblant de surveiller, parle à sa cousine. Puis il descend à terre, tend la main à Line pour qu'elle le rejoigne. Les gosses leur font face, laissant de longues minutes s'écouler avant de rompre le silence. Le plus grand prend la parole en demandant à Henri s'il est le fils de l'infirmière. Il fait non de la tête.

— C'est ma mère à moi, dit Line qui pour une fois en est fière.

Odette réapparaît, prévient qu'elle doit aller dans une autre casemate. Le vieil homme s'éloigne avec elle et Laïd, tandis que les gamins du douar tournent autour de l'attelage en inspectant l'ensemble. Ils posent des questions, Henri répond n'importe quoi. Line se retient de le corriger devant tout le monde.

— C'est qui si c'est pas ta mère alors ? interroge le grand. Il a une chemise bleu clair déboutonnée sur un torse glabre, de grandes dents de devant.

— Ma tante, répond Henri. Il s'appuie contre la roue de la carriole, les bras croisés, et attend devant le groupe qui patiente aussi. Ils se défient en silence, l'aîné surtout, face à Henri qui ferme un œil car le soleil l'éblouit. Les plus petits s'éparpillent. Une poule apparaît soudain, escortée d'une seconde, toutes deux au même pas et se dandinant, si parfaitement accordées qu'elles les font rire.

— Retournez à la maison ! crie le gaillard, ayant enfin le moyen de montrer son pouvoir. Il relève le visage vers Henri qui lui sourit. L'autre effraie les poules en criant. Elles s'enfuient puis reviennent, dansant de nouveau comme des siamoises. Ils rigolent encore. Cette fois, le grand saisit une volaille, la donne à Henri, prend l'autre et prévient : À trois, on les balance... Ils comptent ensemble et projettent les poules le plus loin possible. Odette surgit à ce moment-là, devançant le vieux qui engueule le gamin en arabe. Laisse, dit-elle, je ne vais pas prendre de poule de toute façon... Elle remonte dans la voiture, Line et Henri l'imitent. Le vieil homme lève les bras en remerciant, *Barak Allah fik !*

— Dieu te bénisse aussi !

Le môme à la chemise bleue dresse son pouce à l'attention d'Henri qui lui rend son signe. Laïd s'empare des rênes, l'équipage se met en route lentement. Face à eux, la plaine déroule une pente de cailloux où germent des santolines. Au loin, les roches hautes et jaunes s'alignent comme des canines.

— Là-bas, c'est le Sud, lance Odette à l'attention des enfants. Elle répète, c'est le Sud, comme si elle prenait conscience qu'elle est de là, de ce pays aux vallons roses où les seguias tracent des cordons argentés.

Henri a faim mais il n'ose pas réclamer à manger. Odette l'a deviné et pose sur ses genoux les galettes qu'on lui a données au village.

— Tu n'en veux pas, toi ? demande-t-il avant de rompre la mie couleur safran. Sa tante refuse, sous prétexte qu'un jour, elle y a trouvé un cheveu.

— Elles sont sales, mais à ton âge, on s'en fiche quand on a faim, n'est-ce pas ?

Henri hausse les épaules. Il a la bouche pleine et manifeste sa joie par des « hmmm » qui n'en finissent pas. Line et Laïd ont repoussé les galettes eux aussi.

— Ici, tu sais, commente Odette, on ne mange pas n'importe quoi. Les Espagnols, ils se nourrissent de paella ou de potage, et les Arabes, ils mangent du couscous. Alors, moi, je mange du pot-au-feu. Surtout l'hiver !

— Mais quand même, tu aimes le couscous..., fait remarquer Henri.

— Oui, j'adore ça !

Ils rentrent à la tombée du jour, Henri s'endort malgré les cahots, allongé derrière, la tête appuyée sur un sac, luttant en vain contre le sommeil. Il a beau essayer de garder les yeux ouverts sur ce paysage lunaire où les reliefs ressemblent à des cratères, il sombre. Line, elle, chante une chanson qu'elle a apprise à la chorale de son école. Elle a une belle voix écorchée. Ils arrivent enfin à Ténira dont la rue principale se devine à peine. Ils passent devant l'épicerie de Guenoun. Un peu plus haut, la maison du maire a les volets clos. La boulangerie est encore ouverte, Line descend acheter du pain. Derrière l'école, la maison d'Odette est une bâtisse ordinaire. Murs à la chaux, toit plat, porte basse, fenêtres étroites. Odette n'allume pas le poêle qui sent trop mauvais, prépare à dîner pendant qu'Henri s'effondre dans son lit.

— Tu n'as même pas fait de toilette ! lâche-t-elle en le découvrant allongé, déjà inerte. Elle lui enlève ses chaussures. Il a gardé son pull-over, qu'elle renonce à lui ôter parce qu'il fait froid. Elle ajuste une couverture de laine sur ses jambes nues et le contemple un moment. Sa respiration est régulière, ses traits pâles. Avec la chéchia dorée que lui a offerte un villageois, il a l'air d'un petit prince oriental. Line, elle, est installée à table. Elle s'étonne qu'il n'y ait pas le pot-au-feu annoncé.

5

LES VOIX DE L'AILLEURS

Mime a cru pouvoir se reposer en l'absence d'Henri. S'alléger de quelque chose en ne voyant plus son grand fils pour une dizaine de jours. Mais non. En ce début d'année, elle s'étiole. Elle fait des efforts désespérés pour survivre tout en ayant déjà renoncé. Le poids du monde ajoute à sa peine. C'est comme si au-dehors s'organisait un chaos qu'elle éprouve intimement. Elle songe qu'à l'échelle de l'univers, sa douleur ne compte pas plus que n'importe quoi d'autre, une piqûre de guêpe ou un coucher de soleil. Souffrance ou félicité, quelle importance ? Tout se noie dans un alliage relatif, absurde. Elle rumine cela : les quelques années de vie de sa petite fille vont être broyées par la roue du temps. Elle n'en parle pas à Marius, à quoi cela servirait ? Mais l'idée que bientôt, plus personne ne se souviendra de Simone accroît le mal qui la ronge. C'est pourquoi elle aspire à n'être plus qu'un grain de poussière, à l'image de chaque chose ici-bas. Partir à son tour, disparaître, rejoindre son enfant effacée, c'est tout ce qu'elle souhaite.

Son mari a pris rendez-vous pour elle chez le médecin. Pour lui faire plaisir, elle accepte de se rendre chez le docteur Daoun, celui qu'ils sont allés chercher le jour où leur fille est morte. C'est un bel homme d'une cinquantaine d'années, les cheveux gris, les yeux bruns, une expression fatiguée qui lui donne un air de bonté. Il l'ausculte, papillonne autour d'elle en grommelant des questions auxquelles elle ne répond pas. Elle ne veut pas se livrer, elle ne peut pas. Si elle dit un peu, elle s'effondre.

— Tout est normal, murmure-t-il après avoir écouté son cœur et pris sa tension. Du moins le corps a l'air d'aller, ajoute-t-il en levant les sourcils.

Il la laisse reboutonner son chemisier et sa veste, se retourne vers les étagères qui tapissent son bureau, cherche un livre. Il lui tend un essai de vulgarisation des théories analytiques. Il est sûr que la psychanalyse va révolutionner la médecine et peut-être sa patiente qui aime lire trouvera-t-elle là-dedans de quoi apaiser ce qui la ronge. Elle prend sans même regarder.

— Parler peut vous faire du bien, vous savez.

— Je ne veux pas me faire du bien...

Il l'interroge au sujet de Marius. Comment se comporte-t-il ? Est-ce qu'il mange ? Est-il retourné à la boxe ? Doucement, elle articule :

— Il se cache pour pleurer.

Elle sent affleurer l'émotion, ses digues se fissurent. Penser à la détresse de l'homme qu'elle aime lui tire les larmes. Viennent les sanglots, le nez qui coule, tout ce qu'elle voulait éviter. Elle a oublié son mouchoir, le médecin ouvre son tiroir dont il sort un beau carré de coton, bien repassé. Elle s'en empare d'un geste brusque. La colère qui monte en elle tourne en circuit fermé. Daoun voulait qu'elle parle ? Elle ne manque pas de mots même s'ils restent dans sa tête. *Vous êtes content ? Je ne voulais pas venir et je ne veux pas survivre, alors soulagez-moi sans me rappeler à l'ordre, n'essayez pas de m'atteindre, et ne me faites pas savoir, par pitié, ce que vous endurez d'assister à mon épreuve, je m'en moque. Je veux juste qu'on me laisse tranquille, je veux qu'on me laisse flotter...*

Elle se mouche. Daoun écrit son ordonnance. Sa plume gratte le papier avec un son régulier qui apporte l'illusion de pouvoir colmater les brèches du cerveau grâce à un simple bruit.

En sortant, elle prend la rue d'Arzew. Le soleil ricoche sur les vitrines. Soudain, une affiche attire ses yeux dont le slogan la transperce : « Faites parler vos défunts ! » Elle s'arrête net, lit chaque ligne. Le texte vante l'apprentissage des sciences occultes, le spiritisme, la nécessité de s'y préparer pour accéder aux zones où les âmes transitent. Cela lui coûterait de le reconnaître, mais l'éventualité d'une passerelle entre les vivants et les morts lui paraît secrètement sensée. D'ailleurs, Simone surgit. Elle la voit, là, en face d'elle, dans le reflet de la devanture. Minuscule, les cheveux bien peignés, la frange courte. Mime n'ose plus bouger. Elle redoute que le charme s'évanouisse.

Une fillette est bien plantée sur le trottoir, dont les grands yeux la fixent. Son manteau carmin, au col festonné, lui donne l'allure d'un Petit Chaperon rouge. Elle ne bronche pas, immobile, jusqu'à ce que sa mère la tire par le bras, la bousculant un peu au point qu'elle manque tomber. Finalement, on la soulève comme un paquet. Oh, fais bien attention à elle, chuchote Mime.

Elle a soudain la conviction que rien n'est fini avec sa fille, qu'elle la reverra. Elle le sent, elle perçoit des choses qui lui étaient étrangères auparavant, comme le fait que Simone se trouve encore tout près, tel un petit fantôme qui prend le temps de dire au revoir.

La banque où travaille Marius fait le coin du boulevard Gallieni, à deux pas. Il n'aime pas qu'elle vienne le voir à l'improviste, mais pour une fois, elle se l'autorise. Le hall la surprend toujours par sa magnificence. D'autres y pénètrent sans même lever les yeux ou s'arrêter sur les motifs, tandis qu'elle ne se lasse pas d'admirer son architecture Art déco, l'empilement des figures géométriques, ce mélange de raffinement et de rigueur. C'est un lieu imposant où pourtant, rien ne l'intimide. Ni les colonnes doriques du grand perron, ni l'escalier de pierre qui monte aux étages avec une spectaculaire arrogance, ni les corniches de bois ornées d'éventails, ni la verrière qui filtre le soleil, ni même l'hôtesse dont le tailleur ajusté est d'une folle modernité.

Mime demande à parler à Marius Avon. Elle attend. Le regard suspendu aux frises du plafond. Voilà son mari qui descend, veste sombre, cravate nouée. Elle n'avait jamais remarqué à quel point sa haute taille pouvait inspirer le respect.

Il prend son bras, l'entraîne à l'extérieur.

— Que se passe-t-il ? Il est arrivé quelque chose ?

— Mais non, je suis juste venue te voir, tu m'en veux ?

— Bien sûr que non, mais quelle idée de passer comme ça !

— J'avais rendez-vous chez le médecin, tu te rappelles ?

De nouveau, il s'inquiète. Il pose sa main dans son dos pour la faire avancer avant de lui emboîter le pas.

— Viens, on va au Cintra...

La brasserie est juste en face. Il y a peu de monde, mais ils s'installent au fond, comme un couple illégitime.

— Il t'a dit quoi, le toubib ?

— Oh, rien, tout va bien. Il m'a prêté ce livre.

Elle lui met le bouquin sous les yeux. Marius éclate de rire.

— Sacré Daoun, il s'imagine quoi, qu'il est bibliothécaire ?

— Non, il pense juste que je suis une bonne lectrice...

Cela fait longtemps qu'ils ne se sont pas souri comme ça.

— Et sinon ? Il t'a bien examinée ?

— Oh oui, c'est un bon toubab, un bon toubib, je veux dire...

Ils rient.

— Alors, qu'est-ce qu'il pense de ta santé, le toubab ?

— Rien de spécial... En fait, je voulais te demander quelque chose, Marius... À propos des Peretti...

— Oui, eh bien ?

— Est-ce qu'ils organisent toujours des séances de spiritisme chez eux ?

Il lève les yeux sur sa femme avant de s'écarter un peu en retenant son souffle. Le serveur vient prendre la commande au moment où il s'apprêtait à répondre : Tu ne vas pas croire à ces balivernes, pas toi !

— Deux cafés, lance-t-elle sans lui laisser le choix.

C'est elle qui le fixe, à présent. Les poignets calés, elle ne bouge pas. Elle ne veut pas qu'il sente à quel point elle est prête à supplier. Il prend sa respiration :

— Des séances de spiritisme ? Je crois, oui, je me renseignerai...

6

LA PROMESSE DE SAÏGON

— J'ai quelque chose à te dire !

Mime se redresse et regarde son homme. Il n'a pas prononcé un mot du week-end et vient de la rejoindre à la cuisine où il a déplié la table à repasser, branché le fer. Il adore manier ce petit jouet qui ressemble à un paquebot miniature. Ils l'ont acquis à la naissance d'Henri mais elle ne l'utilise jamais. Lui, en revanche, n'arrête pas. D'ailleurs, il se consacre avec plaisir aux tâches ménagères du dimanche soir. Préparer ses chemises de la semaine, vérifier ses pantalons. Il en profite pour plier les robes de madame, ses jupons, ses combinaisons. Ranger, organiser, prévoir. Ne jamais être pris au dépourvu. C'est une des raisons pour lesquelles elle aime vivre avec lui. Il lui évite tout ce qu'elle déteste, le linge, la paperasse, les corvées qu'il faut anticiper au risque d'être enseveli. Elle repose son journal. Pas de quoi se réjouir : partout, des menaces de guerre quand ce n'est pas la guerre elle-même.

— Je t'écoute, dit-elle.

— La banque m'a fait une proposition.

— De quoi s'agit-il ?

— D'une promotion. Notre directeur, M. Escallié, m'a félicité en personne pour mon travail.

— S'il te félicite, c'est qu'il est un brave homme, je te l'accorde.

— Bref, comme tu le sais, on a eu des clients difficiles, cette année, des contrats délicats à négocier, j'ai eu du mal avec certains investissements... Et la banque m'est reconnaissante de mon dévouement.

— Ça, elle peut ! Elle peut, oui, mon chéri !

Il contemple sa chemise froissée, col chiffonné, poignets bouchonnés. Il s'éclaircit la voix :

— Pour preuve de sa gratitude et, disons, étant donné les circonstances, elle m'offre un poste important, avec une rémunération à la hauteur...

— C'est-à-dire ?

— Nous aurions un appartement de fonction, et tout ce qui va avec, un chauffeur, une bonne école pour Henri, quelqu'un pour s'occuper de la maison, on n'imagine même pas les avantages...

Sa femme se met debout en repoussant la chaise, elle s'adosse au mur, les mains dans le dos, remue la tête, indécise.

— Où ?

— À Saïgon.

Il ajoute :

— On a tout le temps d'y réfléchir, ce n'est pas pour tout de suite... On aurait une tout autre vie, c'est sûr, du moins on pourrait envisager de vivre autrement, loin d'ici, dans un nouveau pays. Cela nous aiderait à...

Marius n'ose pas achever sa phrase, Mime lui sourit gentiment.

— À tourner la page ?

Elle prend une inspiration profonde, l'odeur de la lessive gagne ses narines, elle réfléchit sans parvenir à esquiver ce qui se dresse devant elle : une autre vie, justement, loin de la Méditerranée, loin de l'Algérie, loin de sa famille et de la tombe de Simone sur laquelle elle n'a pas pu encore aller. Cela lui semble irréel. Elle n'est pas sûre d'être à la hauteur. Pas sûre de vouloir ce luxe, non plus, de pouvoir apprécier cet éloignement. Elle trouve que c'est trop tôt. Que sa famille a trop souffert pour qu'elle ajoute l'absence au deuil. Marius insiste :

— Partir ! Ce serait une belle aventure tout de même.

— Mon beau marin, chuchote-t-elle.

Elle le revoit sur ses photos rapportées de Bizerte, en 1924, en tenue de matelot, coiffé de son béret plat, regardant au loin. J'ai froid, dit-elle soudain en quittant la pièce.

Il se retrouve seul avec son excitation et sa chemise froissée. Avec le linge qui repose dans la corbeille en osier, et dont il extrait une jupe, des torchons, la marinière d'Henri, et tout au fond, un minuscule tricot qui a été oublié. Il a perdu son odeur mais la finesse du coton entre ses doigts l'émeut, il ne s'attendait pas à la fragilité de ce petit vêtement qu'il pose contre sa joue.

Il a trente-quatre ans, et il se demande s'il pourra un jour ressentir autre chose que cette douleur qui a pris le pouvoir sur leur existence. Il se demande s'il en a seulement envie. Comment se débarrasse-t-on du chagrin sans se débarrasser de son enfant ? À Saïgon, peut-être... Il enfonce le tricot de sa fille dans sa poche, empoigne l'appareil, applique la semelle dans un grand geste de balancier. La chemise, peu à peu, s'amidonne.

Il a trente-quatre ans et son travail est enfin récompensé. Sa rigueur et son honnêteté lui ont permis de triompher de difficultés dont un autre, plus expérimenté peut-être mais moins prévenu, n'aurait pas su se sortir. Il peut en tirer gloire. Entre Torrent, son chef de service, et Hammer, son client, il a bien joué. Donnant l'exemple à sa propre hiérarchie tout en forçant Hammer à rabattre de sa superbe. Encore un de ces colons qu'il déteste, un jouisseur qui mène grand train mais dont la trésorerie ne suit pas. Il ne supporte pas ces types-là, leur mentalité de nantis, leur grossière condescendance. Ils ne sont pas tous semblables, bien sûr, mais peu comprennent que rien ici ne leur appartient. Pareil avec Torrent, à la botte de Hammer au point de lui signer un crédit disproportionné. Sachant très bien que Hammer ne pourrait pas rembourser mais tenant quand même à s'attirer ses bonnes grâces. Réclamant une seconde signature, obligatoire, auprès de Marius dont il ne pensait pas qu'il aurait le cran de la refuser.

Il a trente-quatre ans et il n'est pas né de la dernière pluie. Il n'a pas pris Torrent de front, au contraire. Il l'a laissé venir. Quand il s'est pointé avec le prêt déjà calculé, une avance faramineuse accordée sur la bonne mine du propriétaire, il a lu attentivement les clauses de la transaction et il a dit : Je vais voir.

— C'est tout vu, ne vous inquiétez pas, vous avez juste à signer, a répliqué Torrent.

Mais il a tenu bon. L'autre a insisté. Il n'a pas cédé. Esquive, feinte, uppercut. Il a soumis le nouveau prêt maison à Torrent, qui a été obligé de revoir le contrat à la baisse. Après, il a fallu qu'il se débrouille pour convaincre Hammer qu'il s'agissait de son intérêt. Ça a marché. L'autre a repris le chemin de son domaine en râlant mais sans changer de banque. Par quel mystère la direction a-t-elle eu vent de cette affaire ? Marius l'ignore. Ce qu'il sait à présent, c'est qu'aux yeux de son directeur, il est passé pour un employé modèle. Louis Escallié lui a serré la main en disant : Bravo, si tous nos conseillers étaient aussi tenaces que vous...

Il a un peu honte d'en être à ce point satisfait, mais le compliment lui est allé au cœur. Il croit au devoir et aux vertus d'une existence juste. Quand il est monté au bureau de la direction, il a pensé à son père, Edmond, à la fierté qu'il aurait éprouvée. Pas pour la reconnaissance des chefs mais pour la droiture de son fils. Il donnerait cher aujourd'hui pour se laisser moudre par les bras paternels.

Le soir même, il met de la musique. C'est la première fois depuis six semaines qu'une mélodie se fait entendre dans la maison. Il choisit son disque préféré, un florilège lyrique dont le *Faust* de Gounod chanté par Georges Thill. Mime écoute un instant en grignotant un biscuit à la cannelle. Marius lui propose d'aller se promener dimanche prochain au bois des Planteurs, à moins qu'elle ne préfère, samedi, faire les boutiques et prendre le thé en ville. Ils pourront flâner sur le port et même finir la journée à l'opéra. Elle accepte la promenade, dépose un baiser sur le crâne d'Henri qui est revenu du bled avec un air de bonne santé. Elle ne pense qu'à la soirée chez Irène Peretti. Les deux jeunes femmes sont convenues d'un dîner, à la fin du mois.

— Au fait, nous sommes invités chez les Peretti, lance-t-elle à Marius.

Il ne pipe mot. Il a bien compris que c'était du donnant donnant. Elle accepte de sortir, c'est toujours ça, pense-t-il.

Henri lève le nez de ses livres et lâche brusquement :

— Vous savez qu'Odette est encore amoureuse ?

Stupéfaits, les parents se regardent.

— Qui t'a dit ça ? demande Marius.

Prudent, Henri hausse les épaules et bafouille, j'sais pas trop, Line je crois. Il regrette d'avoir parlé, son père va le sermonner ou lui donner une taloche. Heureusement, sa mère éclate de rire et Marius se détend. Leur grand fils les observe, soulagé. Il adore ses parents mais il ne sera jamais comme eux.

7

LES FORCES DU TEMPS

Mime est tombée en arrêt devant une pendule étroite et sombre, dont le coucou surgit toutes les heures et enchante les enfants. Simone aurait adoré ça, pense-t-elle. Elle veut l'acheter aussitôt. Marius y regarde à deux fois. Qu'est-ce que c'est que cette sentinelle qui va réveiller le foyer ?

— Tes parents ont déjà le même genre, non ?

Le marchand de la rue de Tombouctou est habile, il entraîne la jeune femme pour lui montrer le mécanisme horloger.

— Regardez ça, madame, c'est une merveille.

Il l'invite à observer derrière la vitre le balancier qui oscille, lui indique le cabinet du haut où se trouve la clef pour relancer la roue. Mais on peut aussi ouvrir la vitrine et suspendre le glas.

— Beau sapin, ajoute-t-il. Deux mètres cinquante de haut, moins de cinquante centimètres de large. Un bonheur de discrétion pour ne jamais être en retard. Écoutez...

— Non laissez, intervient Mime, j'ai entendu le carillon, ne le touchez pas.

— Ah je vois que vous avez le respect du temps, lâche le vendeur. Il porte un chapeau rond sur un visage glabre, et un pardessus noir, comme s'il allait partir, mais c'est qu'il fait frais dans sa boutique.

Marius se demande ce que fabrique cet Européen bon teint à la lisière du Village nègre. Il feint d'étudier le meuble dont le cadran est joliment dentelé, regarde autour de lui, examine les murs garnis d'objets disparates, de reliques poussiéreuses.

— Vous vendez quoi au juste ?

— Tout, monsieur, tout, même les murs. En fait, je rentre me marier en Normandie, ma future femme ne veut pas vivre en Algérie. Cela l'effraie...

Mime sourit, elle peut comprendre, même si elle y est née et se sent obligée d'évoquer la noblesse du pays. Terre de cocagne, malgré la boue, dit-elle.

— S'il n'y avait que la boue, soupire le promis, non, tout cela est beaucoup trop rude pour ma fiancée...

Ses yeux sombres se posent sur sa jolie cliente.

Marius s'agace de la complicité qui s'établit entre lui et Mime. Il fait un nouveau tour dans l'échoppe, adopte une expression indifférente, vaguement supérieure, touche deux ou trois pièces exposées, lève les yeux au plafond, et revient à la charge.

— Combien elle vaut, votre pendule ?

Le vendeur annonce un prix, admet lui-même que c'est un peu surévalué, assure qu'il est prêt à faire un effort, ouvre la négociation en souriant à Mime, comme s'il la prenait à témoin de sa magnanimité. Marius se refuse au marchandage mais ne sort pas son argent non plus. Il fait traîner les choses, laisse l'homme se gargariser de sa propre palabre. Il feint de s'éloigner, revient sur ses pas.

— Vous m'avez dit combien ? lance Marius.

L'autre repart dans sa tractation mais baisse le prix de lui-même, peu à peu. Finalement, Marius tranche et propose un montant convenable, sans discuter. Je parie qu'il épuise ses investisseurs de la même façon, pense Mime en jetant un œil amusé au commerçant qui a déplacé son chapeau sur l'arrière de sa tête.

— Vous pourriez la charger jusqu'à chez nous ? demande Marius. On habite à Eckmühl. Il n'y a pas de boue dans le quartier...

L'homme acquiesce sans savoir si son acheteur se fiche de lui. Il a compris qu'il valait mieux ne pas flirter avec la jeune dame. D'ailleurs, elle s'est écartée et passe sa main sur des lampes en étain. Un peu plus bas, des théières, des bassines en laiton, et puis un baromètre et un sextant. Plus bas encore, des dagues, des tapis de prière, des crânes en ébène et des fers qui servaient à entraver les esclaves noirs dont les Maures faisaient commerce. Il y a vraiment de tout dans ce bric-à-brac qui relève autant de la quincaillerie que du cabinet de curiosités. Mime retourne à la pendule dont la verticalité la rassure. Elle lève les yeux vers le petit portail d'où le coucou doit sortir. Justement, il marque une demi-heure : un jaillissement bref, strident, lui arrache un cri. Décidément, ce théâtre miniature est divertissant. Elle voit dans le sortilège du mécanisme une capacité à prendre en charge le temps que sa fille n'aura plus. Toutes ces heures qui auraient dû lui revenir, retentissant pour toujours dans son coffre généreux. Cette pendule sera sa meilleure amie.

— Tu es contente ? lui demande Marius en sortant. Elle a glissé sa main sous son bras et acquiesce. Ils descendent vers le port, laissent sur leur droite la promenade de Létang où ils se sont rencontrés, il y a plus de dix ans déjà. Ça sent le cigare et les épices, à cause des manufactures Bastos dont la fumée imprègne l'ancienne ville espagnole. Ils rejoignent l'église Saint-Louis dont Germaine ne manque pas de souligner qu'on peut y admirer, sculptées dans la pierre, les armoiries d'Oran.

— Tu te rends compte, dit-elle à son mari, on a ici toute une page de la conquête espagnole !

Sur la place, les chardonnerets en cage sont si nombreux que leurs piaillements affolés escamotent les conversations du café. Le brouhaha semble attiser l'odeur de sardine et de graines, de plumes et d'écailles. Devant eux, la digue étincelle sous le soleil d'hiver. Le vent se lève, ils rebroussent chemin, prennent la route des Planteurs qui monte vers Santa Cruz, au-dessus des falaises. Ils grimpent en direction du fort qui émerge des conifères. Les joues rouges, ils marchent sans parler, croisent des Arabes qui vont pieds nus. Arrivés en haut, ils contemplent la baie. C'est ici qu'ils ont rêvé de Trouville. S'ils partent à Saïgon, adieu leur villa au bord de l'eau.

— Tu voudrais te priver de ça ? demande Mime en regardant la mer.

— Je croyais que tu t'en fichais de l'Algérie ?

— Ce n'est pas l'Algérie, ça, c'est la Méditerranée.

— Je me dis que le delta du Mékong et la mer de Chine valent bien un détour...

Il sait qu'elle est d'une famille d'aventuriers. À peine mariés à Vesoul, Blanche et Victor sont partis pour l'Afrique du Nord. Le père de Blanche lui-même, Jean Adolphe Falachon, venait de Guadeloupe où il avait passé plus de dix ans sous les drapeaux – poussé par le vent, cerné par les deuils, se relevant toujours. La tragédie n'a jamais arrêté les Falachon et les Simon. Ils ont ça dans le sang, le goût de l'ailleurs, et Marius veut croire qu'il peut convaincre Mime en réveillant cette veine ancestrale. Il a raison, elle a soudain envie d'aller voir de plus près à quoi ressemble la Cochinchine.

Le soir même, elle ouvre son atlas. Les mappemondes et les cartes l'ont toujours passionnée, la géologie des sols, les densités de population, les capitales du monde, l'étendue de cette planète quadrillée de frontières et bordée de rêves. Au-delà, l'espace la méduse plus qu'il ne l'attire. Mais ces découpes à même la terre qu'elle admire comme des formes picturales façonnées par les conflits et le temps, mobilisent son imagination. Elle commence toujours par la même vue du planisphère : la carotte d'Amérique latine, Valparaiso, Buenos Aires, Rio de Janeiro, Recife, Bogota, et plus au nord, le grand oiseau du Nouveau Monde dont les ailes s'ébrouent. Elle saute sur la tête de chien de l'Australie, revient sur l'Afrique, cette énorme canine avec son bulbe de côté, immédiatement aimantée par l'Algérie qui plonge jusqu'au Niger. Elle tourne les pages, en route vers la Cochinchine, dont les six provinces forment un arc-en-ciel. Saïgon est planté entre la région de Gia Dinh et celle de Bien Hoa, entre le rose et le bleu. Delta vertigineux : fleuve, rivières, affluents s'entrelacent comme les dragonniers de la place de la République. Pays d'eau, se dit-elle, tout paraît humide, tropical, contrairement à l'Algérie où même sur la côte, l'air est sec et minéral. À Oran, l'eau de mer n'a jamais manqué mais l'eau douce, oui ! Sauf à Eckmühl, petite enclave préservée de ce désagrément grâce à une irrigation non municipale. Mime entend encore sa tante Jeanne se plaindre de l'eau saumâtre de son quartier à Saint-Eugène. Elle la revoit bénir l'abbé Lambert, sourcier avant d'être maire, chargé de découvrir de nouvelles réserves aux environs de la ville, parce que les provisions aqueuses étaient devenues salées. Une catholique bénissant un curé, cela la faisait rire.

Et soudain, Mime voit le visage des siens. Elle voit sa mère et son père si affables, ses vieux parents qui se tiennent droit sans se plaindre jamais. Ils ont plus de soixante-dix ans, soixante-seize pour lui, soixante-quatorze pour elle – comment pourrait-elle les abandonner ? Partir si loin alors qu'ils sont entrés dans la dernière partie de leur vie ? Marius est orphelin, il ne saura jamais ce que c'est que d'assister au lent déclin de ses proches. Elle referme l'atlas. L'âge de Blanche et de Victor lui paraît impensable. Elle ne les a pas vus vieillir tant ils sont robustes. Leur maison est toujours pleine d'enfants, si bruyante, si vivante ! Elle n'en revient pas qu'ils soient déjà rendus au terme d'une existence arpentée sans faiblir – peut-être ont-ils encore cinq ans à vivre, dix ans au mieux ? Ils méritent bien qu'elle veille sur eux. Ses sœurs ne sont pas loin bien sûr, mais ce n'est pas une raison pour s'exonérer de son devoir.

Elle s'imagine tout à coup à Saïgon, étrangère, à l'écart de ceux qu'elle aime, loin de tout ce qu'elle vise, Paris et la culture française. Marius se trompe, elle n'est pas une aventurière. Elle rêve de prendre racine, au contraire. Il faut qu'il comprenne ça, elle sait qu'il se pliera à sa volonté. Il a toujours choisi de lui plaire.

8

UNE SÉANCE DE SPIRITISME

Ils n'ont pas de voiture. Un jour, Henri en achètera une, et sa mère se fera conduire le long de la corniche pour rejoindre Trouville, mais en attendant, Marius et Mime prennent le tram ou le vélo. Parfois aussi, ils grimpent dans des carrioles qui les emmènent vers les faubourgs. Ce soir, ils vont à pied. Ils changent de quartier mais ne s'éloignent guère des arènes où habite aussi Suzanne, la jumelle, juste en face du régiment de Zouaves. Il est encore tôt, ils décident de faire un tour avant de rejoindre l'immeuble des Peretti, et Marius ne peut s'empêcher de demander à sa femme où en sont ses relations avec sa sœur. Il précise « aux hypothèques » puisque c'est là qu'elles travaillent toutes les deux, et là peut-être qu'elles se sont brouillées.

— Ça va, ça va, répond Mime, évasive. Elle accélère pour accorder son pas à celui de Marius qui la tient fermement, aucun risque qu'il ne la lâche alors que, sur les rares photos où on les voit ensemble, il n'est jamais auprès d'elle. Il appartient à cette espèce d'amoureux qui guette du coin de l'œil, enregistre à distance chaque déplacement de sa femme quand ils sortent. Il sait comment elle bouge, comment elle sourit, si elle boit un peu trop. Il devine si elle est triste, si elle a envie de séduire. Il sait comment elle est vêtue, quel bijou elle a choisi. Il trouve qu'elle est toujours la plus fraîche parmi toutes celles qui, en comparaison, paraissent déjà empesées par les maternités.

Ce soir, elle porte un corsage ajusté en dentelle noire dont l'encolure en V met en valeur son cou blanc et l'ovale de son visage. Elle a enfilé un manteau gris perle avec de grandes poches plaquées sur les hanches. Elle y enfonce l'une de ses mains, réservant l'autre au bras de son mari.

Rien de ce qu'elle a en tête n'échappe à son homme et elle sait aussi qu'il le sait. Ils ont frôlé la querelle avant de sortir et Henri, épouvanté par ces tempêtes silencieuses, a développé des trésors d'habileté pour essayer de les distraire. Maintenant, ils descendent la rue de Tlemcen. Les oiseaux piaillent, on dirait qu'ils paniquent à l'idée de la nuit qui tombe.

— Leur chant du soir, dit Mime. Tu parles d'une berceuse...

Marius ne sourit pas.

— Tu comptes faire la gueule toute la soirée ? demande-t-elle brusquement.

— Pardon, je ne pensais pas t'incommoder.

— Tu ne m'incommodes pas, Marius, tu m'ennuies !

Elle lui retire sa main. Il s'arrête.

— Je peux savoir ce que j'ai fait ?

Elle ne se retourne pas, il insiste.

— Je te rappelle que c'est toi qui m'as imposé cette soirée et que je l'ai acceptée pour te faire plaisir.

Cette fois, elle lui fait face :

— Et au lieu de me soutenir, de me comprendre, de m'aider, tu fais une tête d'enterrement !

— Excuse-moi de ne pas être enthousiaste à l'idée de faire tourner les tables !

— Et alors ! Si cela nous plaît, à Irène et à moi ? En quoi ça te dérange ?

— Vous croyez vraiment que vous allez convoquer le moindre esprit ?

— Non, on ne le croit pas, on en rêve, on l'espère, on en a envie ! Et d'abord, qu'est-ce que tu en sais, toi, que les esprits n'attendent pas d'être convoqués ? Bon Dieu, tu n'es pas exténué par ta propre rationalité ? Par ton absence de poésie ?

— Pardon, mais je ne vois pas ce que la poésie vient faire ici.

— Non, tu ne vois pas, tu ne vois rien en fait ! Tu ne vois pas à quel point le monde est pénible si on lui enlève l'invisible ! À quel point il est étriqué ? Aussi étriqué que notre minuscule condition d'humains obsédés par la matière !

— Je suis bien d'accord ! Et j'ai assez de modestie pour ne pas croire que je suis la fin de tout, figure-toi !

Elle marque un temps d'arrêt, se demande s'il n'y a pas un reproche souterrain. Reprend avec plus de véhémence :

— Par parenthèses, je te rappelle que la matière justement, celle qu'on ne conçoit pas et qui pourtant existe, ajoute à la liste des choses incroyables auxquelles un esprit rationnel ne devrait pas croire. Et pourtant, tous les jours, la science découvre des mouvements qui ne se voient pas...

Elle s'est remise à marcher. Il la suit en secouant la tête.

— Tu ne m'écoutes pas et tu hurles ! Tu mélanges tout...

— Je mélange tout, bien sûr ! C'est ce que les hommes disent aux femmes quand ils sont à bout d'arguments !

Un passant les regarde. Marius est gêné, il préfère se taire. Calmer sa femme. C'est la première fois qu'ils s'engueulent depuis la mort de Simone. Par moment, il a envie de l'étrangler, comme ça au moins, c'en serait fini.

Ils arrivent chez les Peretti, sonnent, attendent qu'on leur ouvre. Elle a déjà ôté son chapeau cloche, glisse les doigts dans ses cheveux pour leur redonner du volume. Il lui en veut mais sa tendresse est plus forte : il lui remet en place une mèche.

L'appartement des Peretti, au bout de la rue de Tlemcen, se veut conforme à un salon parisien. On y lit des poèmes, on pérore, et même les tables parlent. Le couple, qui est sans enfant, cultive l'amour de la littérature, des beaux esprits et des esprits tout court. Irène et Pierre se haussent un peu du col mais enfin, Pierre a été diplomate, il a travaillé dans une ambassade – avant d'être muté ailleurs pour des raisons obscures et finalement, se retrouver à Oran. Mime a eu envie d'être l'amie d'Irène le jour où celle-ci, en riant, a évoqué Madame Verdurin, l'un des personnages de Proust. C'était une façon de montrer qu'elle savait ce qu'elle ne voulait pas être tout en prenant le risque de l'être un peu. Elle est plus jeune que son mari, mondaine et ambitieuse, mais ni idiote ni mauvaise femme. À l'entendre, le haut du pavé se pressait chez eux quand ils habitaient Alger. Cette volonté de paraître émeut Mime qui soupçonne Irène d'être plus fragile qu'elle ne le paraît. Tandis que Marius laisse libre cours à ses sarcasmes :

— Tant de snobisme dans cette tête, elle ferait mieux de lire Proust plutôt que de le citer à tout bout de champ.

— Mais elle l'a lu, je t'assure ! Contrairement à toi...

C'est leur petit jeu : se chamailler au sujet de l'auteur de *La Recherche du temps perdu* dont Mime a très tôt arpenté l'œuvre grâce à sa mère qui, chapitre après chapitre, a passé la fin de l'année 1919 à en faire la lecture à ses filles. Quand elles étaient réunies, le dimanche, assises par terre ou sur des sofas, elle y allait de sa lecture des premiers tomes parus. Blanchette, l'aînée, déjà mariée, était de passage et rêvassait en écoutant. Germaine et Suzanne se laissaient happer... Odette aussi, dont le prénom la prédestinait à l'épopée proustienne. Margot, la musicienne, était encore vivante, Jeannot, morte depuis longtemps. Robert, qui n'allait pas tarder à disparaître, filait avec son frère. Victor, lui, écoutait, tout en faisant autre chose. Famille nombreuse, décimée, nourrie de romans, bercée par des fantômes.

Marius et Mime sont le seul couple invité pour ce dîner dont Irène a promis qu'il serait intime, mais elle a fait venir un féru de spiritisme, Philippe Verdaillan, qui sera le guide de la soirée.

Marius le prend en grippe dès les premières secondes. Mime, elle, a un étrange sourire aux lèvres, rapidement engourdie par le champagne absorbé l'estomac vide, pressée d'en finir pour passer aux choses sérieuses. Insensiblement, Marius se rapproche d'elle. Elle le voit venir, conciliant, repentant. Lui aussi voudrait qu'on en arrive à l'essentiel, bonjour bonsoir aux âmes errantes, et qu'on s'en retourne à Eckmühl. Quitte à passer pour un ours, il préférerait qu'on lui épargne les facéties sociales. Or Philippe Verdaillan n'a de cesse de lui adresser la parole. Depuis qu'il sait que cet homme bien mis travaille dans une banque, il l'assiège de propos ineptes sur l'économie mondiale et la menace d'un conflit. Marius dodeline de la tête sans répondre vraiment tandis que l'autre se révèle être acteur, en plus de médium. En plein milieu du repas, tandis que sa femme hésite à se servir un morceau d'agneau un peu trop avantageux dans le navarin qui embaume, Marius s'évade. Il file sur un brick. À l'avant, agrippé au mât de misaine, il inspire profondément. Cap sur Saïgon.

— Léopoldine Hugo communiquait avec son père très simplement, dit Philippe Verdaillan. Un coup pour le A, deux pour le B, et ainsi de suite... Elle épelait, en fait, et quelqu'un écrivait au fur et à mesure...

— Cela devait être long, avance Peretti.

— Nous allons bien voir, enchaîne Irène dont les cheveux courts et le profil grec lui donnent l'air d'un jeune garçon.

— Vous prendrez la dictée ? demande Peretti en se tournant vers Mime.

— Non, c'est moi qui écrirai, car Germaine doit se concentrer, voyons ! intervient Irène. De toute manière, Philippe a tout prévu...

Elle fait semblant de gronder son mari qui remplit le verre de ses invités. Le médium, lui, reste muet.

— Ne dit-on pas qu'Hugo écrivait sous sa propre dictée ? interroge Irène. Il ne trichait pas mais on peut penser à un état créatif intense, une sorte de transe...

— Ah ça, pour lui, il ne faisait aucun doute que les esprits existaient ! s'anime soudain Verdaillan. Et c'est évident qu'ils existent ! J'en ai fait l'expérience et croyez-moi, c'est impressionnant la première fois qu'on assiste à leur apparition ! Je ne parle pas des séances, je parle d'une chose qui m'est arrivée quand je jouais *L'illusion comique* de Corneille. J'étais en train de débiter le monologue de Clindor, pas très bien d'ailleurs, je n'avais pas assez répété le texte et je craignais de me tromper. Bref, j'éprouvais une sensation de vulnérabilité, et soudain, j'ai vu venir à moi une forme... Une silhouette floue, un ectoplasme qui prononçait mon texte un peu avant moi. J'étais plus troublé qu'effrayé, et surtout, je redoutais tellement d'avoir un trou que je lui faisais confiance...

— Vous êtes sûr que ce n'était pas le souffleur ? persifle Marius.

Verdaillan sourit de bonne grâce.

— Oh, vous savez, les phénomènes paranormaux sont bien plus répandus qu'on ne pense.

— Cette pièce est magnifique, d'ailleurs, n'est-ce pas ? coupe Irène. Je parle de *L'illusion comique*. L'idée de ce père qui n'a pas vu son fils depuis dix ans et qui va voir un magicien...

— Je ne la connais pas du tout, dit Mime. Il arrive quoi ?

— C'est un festival d'apparitions et d'illusions, comme l'annonce le titre, réplique Verdaillan, c'est un éloge du théâtre tout à fait merveilleux.

— Ah, mais ce n'est pas une tragédie ?

— Disons que c'est entre les deux...

— En tout cas, voilà une parfaite introduction à notre sujet de ce soir ! se réjouit Irène. Voyons si nos défunts ont des choses à nous dire. Voyons si notre magicien saura les faire apparaître...

Mime a la gorge nouée, elle est partagée entre sa curiosité et l'envie de fuir. À ce moment-là, Verdaillan s'adresse à elle, lui demande de le suivre.

La nuit est tombée depuis deux bonnes heures. Irène Peretti a allumé des chandeliers dans les deux salons qui encadrent la salle à manger, ainsi que dans la bibliothèque, où va se dérouler la séance.

La présence des livres favorise le confort des esprits, a prévenu le guide qui distribue les places autour d'une table marquetée. Les bougies ont répandu une odeur de cire et les flammes jettent sur les visages des ombres indisciplinées. Mime remarque le miroir de la pièce, recouvert d'un linge noir.

Philippe Verdaillan édicte quelques règles essentielles.

— C'est Germaine qui parlera, une fois que j'aurai fait venir l'esprit. Personne d'autre n'intervient. Irène est chargée de la retranscription. Nous poserons nos mains sur la table sans peser dessus. Les doigts allongés, suffisamment écartés pour que nos mains soient en contact les unes avec les autres. Elles doivent former une ronde. Délicatesse et bienveillance : ce sont les maîtres mots de la soirée. Lorsque la table se mettra à bouger, on accompagnera ses mouvements. Un coup, pour oui, deux pour non. Germaine posera des questions simples pour commencer. L'esprit doit pouvoir répondre par oui ou par non le plus souvent possible...

Marius ne peut s'empêcher de ricaner, ce qui n'échappe pas au maître de cérémonie.

— Pas d'ironie non plus, vous avez le droit d'être sceptique, mais le respect est essentiel, prévient Verdaillan. Il se tourne vers Mime : Avez-vous la photo que vous m'avez montrée tout à l'heure ?

Elle tend le portrait de Simone que le jeune homme installe au centre de la table. Marius n'a plus envie de rire, sa poitrine se bloque à la vue de sa fille sur qui soudain convergent tous les regards.

— Maintenant, je vous demande de vous concentrer, poursuit Verdaillan. Il faut être patient, attendre. Cela peut être long. Fermez les yeux si vous voulez mais gardez vos doigts en contact avec le bois et avec les autres mains...

Irène a laissé brûler trois bougies dont la lumière s'affole au moindre souffle. Au bout de quelques minutes, les flammèches s'allongent, comme si elles étaient aspirées par le haut, tandis que la table se soulève à peine. Marius ne saurait dire à quel moment il a senti sous sa main un déplacement, mais en effet, quelque chose se passe. Philippe Verdaillan s'adresse à l'esprit : Es-tu là ? As-tu quelque chose à nous dire ? La table gigote avant de se stabiliser. Le médium relance le dialogue : Es-tu Simone ? Puis il encourage Mime à prendre la parole, ce qu'elle fait d'une voix étrangement assurée :

— Si tu es Simone et si tu m'entends, dis-moi juste que tu vas bien...

La table ne bouge pas.

— Dis-moi si tu es heureuse, où que tu sois..., répète-t-elle.

Les invités suspendent leur respiration. Mime pose de nouveau la question mais rien. Philippe confirme que de très jeunes défunts ont parfois du mal à parler.

— Ils sont intimidés, avance-t-il. Il propose de convoquer une autre âme. Mais laisse le portrait de la petite fille pour le cas où elle voudrait revenir.

Marius ne sait pas s'il ressent de la déception ou du soulagement. Toute ironie l'a quitté. Il n'est pas triste non plus, il se sent presque allégé tandis que Verdaillan mobilise ses forces spirituelles. Une demi-heure plus tard, la table se met à valser et une bougie s'éteint. Dans le noir, chacun se serre les coudes, tente d'apaiser ce nouveau venu enragé qui refuse d'être mort. Irène prend sous la dictée une improbable requête.

Marius n'écoute plus. Il a les yeux fermés et il parle à sa fille. Les paupières closes, il esquisse un sourire. À côté de lui, Mime a posé son auriculaire sur le sien.

Ils rentrent tard. Il est presque deux heures quand ils reprennent la rue de Tlemcen. La ville dort. La nuit dissipe les reliefs où une brume semblable à de la suie réduit encore le champ de vision. Marius et Mime longent les murs crépis, la tête en arrière, contemplant les étoiles qui percent ce léger brouillard. Ils avancent main dans la main, d'un pas incertain, non pas ivres d'alcool mais pleins d'un soupçon qu'ils n'avaient pas jusqu'ici. C'est une chose d'espérer l'au-delà ou de le nier farouchement, c'en est une autre d'avoir l'impression de s'y être frotté. Et Marius a beau refuser d'y croire, il est bien obligé de reconnaître que cette longue séance l'a bouleversé. Mime, elle, se sent anesthésiée.

En arrivant, elle aperçoit la pendule que le brocanteur leur a livrée trois jours avant, et qui se dresse devant elle comme un témoin silencieux.

Une tasse de café traîne sur la table. Yvonne a dû l'oublier après être venue voir Henri. Mime en respire l'odeur avant de la déposer dans l'évier. Marius s'approche, l'enlace.

— Tu as réfléchi pour Saïgon ? murmure-t-il.

— Il est tard, Marius...

— Tu as bien une petite idée ? Cela fait au moins deux semaines, il va bien falloir que je donne ma réponse.

— Je ne sais pas... Et puis, là, maintenant, je suis trop bousculée par cette soirée.

Il s'éloigne. Elle n'a pas le cœur de lui annoncer sa décision. Surtout, elle pense à sa fille et continue de se torturer. Pourquoi Simone n'a-t-elle pas dit qu'elle était heureuse ?

Deuxième partie

L'ÉTÉ

(1938)

1

UN CONCOURS MALHEUREUX

Henri a eu douze ans et il apprend qu'il va redoubler sa sixième. Depuis la mort de sa sœur, il a profité d'une autonomie prématurée, mais il n'a pas été capable de compenser l'absence de vigilance des adultes. « Aucun travail personnel soutenu », a écrit son professeur de français. Il n'est bon qu'en histoire, et encore. Abandonné à son sort, il imagine le pire : que son père va le priver de tout, à commencer par cette liberté récemment révélée. Inutile de compter sur le solfège pour le sauver. Déjà qu'il est étourdi et que les gammes l'ennuient... La musique lui plaît pourtant, mais il n'aime pas en jouer. Il n'aime que sa professeure, Circé, même s'il ne l'écoute pas davantage que les autres enseignants. « Jeudi prochain, ne venez pas, c'est relâche pour vous... », a-t-elle dit la dernière fois. Il n'a pas prêté attention. Le jeudi arrive, et il va au Conservatoire comme chaque semaine. Dans le grand vestibule, il déambule, grimpe l'escalier, longe la coursive qui donne sur l'auditorium. L'atmosphère est recueillie, le silence inhabituel. L'appariteur, un colosse moustachu, l'interpelle.

— Que fais-tu là, bonhomme ?

Il donne le nom de sa professeure, Mme Blanchet.

— Très bien, dit l'autre, attends un peu.

Il patiente. Partitions sous le bras, béret gris sur la tête.

— À toi ! lui crie le moustachu qui porte un brassard noir au bras. Il le tire par la manche, le jette littéralement sur la scène du grand amphithéâtre où Henri se retrouve devant un piano à queue dont la perfection des lignes l'intimide. Il s'assoit sans oser regarder autre chose que le clavier et attaque le prélude de Chopin qu'il travaille depuis des semaines. Il sent bien que quelque chose ne colle pas, de la salle monte une rumeur dont ses notes semblent accroître la stupeur, mais il joue bravement. Il termine les premières portées, expédie le reste sans trop de fausses notes. Au lieu des encouragements escomptés, des rires fusent. Une voix le remercie en s'esclaffant. L'appariteur surgit, l'embarque sans ménagement, maugréant : Qu'est-ce qui m'a foutu un crétin pareil !

Henri se laisse emmener, les yeux accrochés au brassard noir qui lui rappelle le deuil de son père et fait éclore sa honte. Il entend les railleries qu'il a provoquées. Dans l'hilarité générale, il a envie de pleurer.

Mme Blanchet l'a rejoint et lui lance :

— Mais qu'est-ce que vous faites là ? Je vous avais bien dit qu'il n'y avait pas cours aujourd'hui ! Ce sont les auditions professionnelles !

Incapable de soutenir son regard, il s'enfuit.

Le long des façades poussiéreuses, il court. Le tram lui est passé sous le nez, il s'en fiche. Il est trop malheureux pour affronter la foule du soir, les mines satisfaites des voyageurs ou leurs airs las. Il veut être seul, abandonné au fond d'un trou, que personne ne le voie. Il jette ses partitions sur une marche, s'assoit la tête dans les mains. La nuit tombe sur les rues sales où des chiens errants, museau au ras du sol, avancent en zigzag et bousculent les poubelles. L'un d'eux vient le renifler. Les commerçants replient leurs stores, les buvettes ferment. Il réalise qu'il est tard, que ses parents vont s'inquiéter. Il devrait être rentré depuis longtemps. Il se remet à courir.

Ses parents et sa tante sont là, qui le dévisagent avec angoisse. Il raconte sa mésaventure. Il ne pense même pas à mentir, il est trop meurtri pour ça. Quand son père lui demande pourquoi il est le seul dans ce cas, pourquoi les autres élèves, eux, ne sont pas allés au Conservatoire, il se met à bredouiller. Marius insiste : On a bien dû vous prévenir, enfin !

Henri se rappelle soudain que Mme Blanchet avait distribué à toute la classe un mot qu'il a oublié dans sa poche. Il baisse la tête. Mime ne le gronde ni ne sourit, elle hausse les épaules en soupirant. Yvonne, elle, rit franchement. Marius lève la main sur lui avant de reposer sa paume sur sa tête en lui ébouriffant les cheveux.

— Allez mon grand, ce n'est pas si grave, lâche-t-il.

— Madame Blanchet..., murmure-t-il.

— Eh bien quoi, madame Blanchet ?

— Elle doit être furieuse contre moi, gémit Henri.

— Tu t'excuseras la prochaine fois. Que cela te serve de leçon. Si au moins, tu pouvais apprendre !

Sa tante se sauve après avoir posé son index sur le bout de son nez : « On ne peut pas vivre toujours dans la lune, il faut redescendre parfois... » Elle a un parfum capiteux et l'haleine fade.

Il s'assoit devant la table mise. Sa mère s'est éclipsée. Il demande à son père s'il peut aller se coucher sans dîner.

— Je n'ai pas faim, dit-il, sur un ton si triste que Marius n'a pas le courage de refuser.

— Eh bien, je mangerai tout seul, va, et ne te frappe pas! Ça ne sert à rien de te mortifier...

Henri s'apprête à quitter la pièce quand son père le retient par le bras.

— Si tu veux, dimanche, on ira au Caminico de la Muerte pour voir les cerfs-volants... Tu veux? Ça te ferait plaisir?

Il agrandit les yeux, hoche la tête sans piper mot tant il est heureux brusquement. Il voudrait se jeter dans les bras de son père mais il a peur de l'embarrasser.

Réfugié dans son lit, il feuillette *Cœurs vaillants* où Tintin, le petit reporter à la houppe, l'enchante, même si ce soir, c'est la proposition paternelle qui le réjouit. Aller voir les cerfs-volants! Il se sent éperdu de reconnaissance. Il se voit grimper sur les falaises jusqu'aux Bains de la Reine. Respirant à pleins poumons l'odeur puissante des orangers. Ça y est, il dort. Des ânes placides attendent son bon vouloir. Dans le palais, un lit de pétales de roses accueille son sommeil.

Plus personne dorénavant ne lui imposera de faire ses gammes. Le piano se taira. On n'entendra plus que la pendule et son coucou. Et le dimanche, parfois, la voix de Georges Thill.

2

LA CAVE DE VICTOR

Avant. C'est le mot que les autres prononcent quand ils parlent de l'époque où Simone était en vie. Avant, Mime astreignait Henri au travail et à la réflexion. Pas un instant dédié au jeu, à la rêverie, au vide. Pas une minute qui ne soit occupée à une tâche. Tout, avec elle, était sujet à spéculation intellectuelle, tout l'intéressait, tout éveillait sa curiosité. Henri obéissait, ça filait doux à la maison, mais c'était épuisant. Au moins sa mère a-t-elle déserté ses passions tyranniques auxquelles personne ne pouvait se soustraire. Désormais, il peut courir chez ses grands-parents quand bon lui semble, il lui suffit de traverser la rue. Sa grand-mère Blanche est assise dans son fauteuil, souriante, paisible. Un roman à portée de main. Prête à offrir un rafraîchissement ou à écouter. Parfois, elle coud. Comme sa sœur Jeanne, la femme de Jules. Elles ont toujours été douées pour les étoffes et le fil. Elles aiment la mode, savent dessiner un patron, bâtir une robe ou une chemise. Elles ont l'œil et une machine à coudre.

Victor, lui, est un grand-père de rêve. Conciliant, doux, lecteur insatiable lui aussi. Petit garçon, il dévorait les livres qu'on lui prêtait. Le curé avait repéré ce gosse capable de rester le nez entre les pages pendant des heures. Il le plaçait devant des piles d'ouvrages, et le laissait choisir, trop heureux de voir qu'un enfant, dans ce pays de manants, était fichu de lire. Mieux, il était curieux, intelligent. Passionné par les mots, doué pour les langues. Se mettant à l'espagnol, puis à l'italien, puis à l'anglais. Quand il a appris le travail du pain, pour aider son père, à l'auberge qui faisait aussi boulangerie, il a continué à lire. C'est à lui plus encore qu'à Blanche que ses enfants doivent leur amour des livres. De son père au beau visage espiègle que Mime tient ce goût de la littérature, cette inclination pour la culture. Elle a vécu parmi les bouquins, petite fille, et depuis qu'elle est mariée avec Marius, elle ne pense qu'à agrandir leur bibliothèque.

Blanche et Victor habitent une grande maison dont ils louent le bas à présent que les Entrepôts généraux sont fermés. Avec des chais attenants où, autrefois, il y avait une école. Des élèves y manipulaient des taille-crayons à manivelle. Ils ne sont pas riches pour autant, loin s'en faut. Il semble même que leur logement soit hypothéqué, et que plus tard le loyer ne suffise plus à entretenir leur bien. De toute façon, le vrai domaine inestimable se trouve en dessous : la cave. Henri et ses cousins s'y retrouvent dès qu'ils peuvent, presque tous les jeudis. Ils embrassent Blanche, tandis que Victor les retient pour une lecture qu'ils écoutent docilement, sachant que bientôt, les oncles,

les tantes seront là, et que leur grand-père les enverra jouer dehors. Allez, filez, mauvaise troupe! leur lancera-t-il. Ils s'échapperont, disparaissant au sous-sol. Ils y jouent des heures durant sans être rattrapés par le temps des adultes. Car ce sous-sol est un monde. Un continent. Une caverne dont on ne peut faire le tour tant elle est vaste. Un capharnaüm empli de trésors. Victor y stocke des échantillons de vin, des tonneaux, des meubles, des vêtements, de vieilles faïences, des cages à oiseaux, des appareils antiques, des alambics, et des livres bien sûr. Il a caché la clef, mais les gamins ont découvert la cachette, et courent jusqu'à l'escalier qui plonge dans la fraîcheur souterraine. L'odeur les saisit aux sinus : mélange de moisi, de cannelle, de vieux papiers et de bois de chauffage. Soufre aussi, que leur grand-père utilise pour chasser les insectes. Ils ont un peu peur de s'aventurer dans ce boyau, d'autant qu'au moment d'allumer la chandelle, la fusion provoque une minuscule explosion, et ils ont beau y être habitués, cela les fait tressauter à chaque fois. Ils rigolent pour conjurer leur frayeur. Ils jouent à être des explorateurs, sondent les murs comme s'il y avait des cadavres à l'intérieur. Ils sont les héros d'une chasse au butin où d'autres avant eux ont perdu la vie.

Victor a bien compris qu'ils avaient trouvé la clef et qu'ils descendaient pour s'amuser. Il a constaté qu'ils avaient sifflé quelques-uns de ses échantillons, mélange de quinine, d'écorce d'orange et de vin rouge. Pour accompagner les dînettes qu'ils improvisent avec les légumes qu'ils ont piqués au potager, sous l'œil outré des poules. Il ne dit rien bien sûr. Blanche, elle, regarde par la fenêtre ou son ouvrage. Elle a élevé assez d'enfants pour ne plus s'intéresser qu'à ce qui la distrait. D'ailleurs, ils ne font pas de bruit, ils sont parfaitement éduqués et discrets. Tant mieux s'ils aiment rester le nez dans la poussière et le froid du cellier. Ils sont tombés sur ses livres, évidemment, de vieux contes écrits à la plume qu'elle n'a jamais eu le courage de relire mais qu'elle conserve religieusement. Ils ont découvert les peaux de renard, aussi, dont ils caressent le pelage. Les renards sont encore nombreux en Algérie, les chasseurs aussi, et les taxidermistes plus encore. Les cousins imaginent que sous ces peaux qu'ils osent à peine toucher, se cache une bête vivante. Ils combattent la dépouille comme si elle allait bondir, brandissant des épées que figurent de vieux tasseaux ou des morceaux de tringle. Ils se blessent, forcément. Mais pas un ne pleure ni ne remonte pour se plaindre quand il s'écorche. Les gamins regagnent la surface par un entrepôt de grain, passent par la fenêtre pour éviter les gardiens dont la vigilance est suffisamment relâchée pour qu'ils puissent se faufiler. Une fois dedans, ils grimpent sur les montagnes d'orge ou de maïs, s'y enfoncent, s'y roulent. Quand ils en ont bien profité, les duels reprennent. Ils finissent en équilibre le long du mur, se prennent pour Zorro. Surtout l'aîné, Roro, qui veille sur sa petite armée avec l'indulgence des empereurs. Henri, lui, s'improvise mousquetaire, qu'importe si les époques ne collent pas. Parfois, ils déplacent des cailloux, font rouler une bille tombée d'une poche. Les passants lèvent un œil indifférent.

Les gosses repartent vers la maison, montent sur la terrasse, continuent le combat. Leur terrain de jeu est dans ce périmètre où tout est périlleux sans être dangereux. Bien sûr, ils pourraient se fracasser le crâne, ils n'ont pas la moindre idée des mille pièges auxquels ils échappent, ainsi livrés à eux-mêmes, lâchés sur une toiture ou dans la rue. Mais c'est leur enfance : ils se sentent invincibles.

Certains jeudis, ils suivent leur grand-père hors de la ville. Roro, Dédé, Bébert, Lili, Riri... Bibi Fricotin a fait des émules et mon père, quand il aura atteint un mètre quatre-vingts s'entendra parfois encore appeler Riri. Victor, lui, a depuis longtemps renoncé à distinguer ses petits-enfants par leurs diminutifs. C'est un taiseux qui se lance parfois dans de longs discours. Quand il parle, en roulant les R, ce n'est pas pour rien dire. Ni pour gronder. Il n'élève jamais la voix, déteste autant les conversations de salon que les réprimandes. Ce qui l'intéresse, ce sont les sujets nobles. Avec lui, on philosophe, on exprime des opinions, on échange des idées, et même la marmaille est invitée à ne pas parler du temps qu'il fait. En revanche, on peut dire des âneries, poser des questions déplacées, réciter de la poésie, chanter faux. En échange, Victor instruit les enfants de l'histoire des peuples, de la conscience et de la morale. Ils écoutent ou s'éparpillent mais ils l'adorent, et Henri plus encore, qui dévore les livres pour en parler avec lui. Son grand-père le console de tout.

Au printemps, il part sur les hauteurs d'Oran. Il arrive que des camarades se mêlent aux cousins, il les laisse gambader autour de lui. Son bâton planté au côté de sa chaussure droite, gilet fermé sur chemise blanche, cravate nouée en papillon, il se dirige plein ouest, attaque la colline. Il avance sans se retourner, s'arrête soudain devant un buisson, ramasse une écorce ou une feuille. Parfois, il marche jusqu'à la mer et les petites jambes suivent. Ils passent de l'autre côté de la falaise, grimpent pour voir la mer. Puis ils rentrent à la nuit, par le tram dans lequel ils s'engouffrent, épuisés. Victor se fait engueuler. Pour la forme. Blanche connaît son mari et ce n'est pas Mime qui va reprocher quoi que ce soit à son père. D'ailleurs, neuf fois sur dix, elle ne s'aperçoit pas que son fils était encore dehors.

Auprès de son grand-père, Henri apprend à regarder la nature. Hibiscus, chèvrefeuille, bougainvilliers, forsythia, seringas, caroubiers, flamboyants, arbousiers, eucalyptus. Le carré de verdure, derrière la maison, peut également faire l'affaire. Il y a deux palmiers, un petit jardin potager et au fond, près du muret, un *Sapindus mukorossi* qui a donné l'occasion d'une leçon de choses pour la vie. Très feuillu, cet arbre à savon est un spécimen intéressant dont les fruits ressemblent à des prunes sèches.

— Les coques contiennent de la saponine, c'est pour ça qu'on les appelle les « noix de lavage », a-t-il dit en montrant les simili-prunes. Les gosses se regroupent autour de lui et mettent leur nez dans sa paume. Il pourrait dire n'importe quoi, ils accourraient, tant ils veulent être aimés de lui. Il poursuit son cours de sciences naturelles.

— Elles ont les mêmes propriétés que le savon, elles se dissolvent dans l'eau qui devient savonneuse et qui lave, bien entendu. C'est avec ça qu'on nettoie votre linge. C'est ça que vos mères achètent à la droguerie...

Ils exagèrent leur étonnement.

— Mais puisque tu l'as, l'arbre à savon! se risque Bébert.

— Bah, faut bien faire marcher le commerce...

Victor a toujours des noix de lavage dans sa poche. Il aime en respirer le parfum tandis qu'il s'éloigne d'Eckmühl, la ribambelle d'enfants à ses trousses. Si un gamin se fait mal, il attend. Selon la gravité de la chute, il patiente, houspille, souffle sur le genou écorché, assure que le filet de sang va sécher. La blessure d'Henri le préoccupe davantage. C'est une plaie au doigt qu'il s'est faite à l'école en jouant au duel avec des aiguilles rouillées. L'ennemi lui a perforé l'index. Il n'a rien dit, bien sûr, pour ne pas se faire engueuler par son père, mais son doigt a gonflé. Victor l'a soigné. Reviens me voir si ça ne dégonfle pas, lui a-t-il conseillé. Comme Henri le regardait avec inquiétude, il a ajouté : Elle était très rouillée, cette épée? Oh, ne t'en fais pas, au pire, on te coupera le doigt...

Son petit-fils a souri sans être sûr qu'il plaisantait. Rien n'est jamais bien grave pour Victor, qui a connu l'exil, le deuil, la guerre. La rudesse du début de siècle, le froid de son pays. Il raconte qu'à Attignat, l'hiver était si rigoureux que le soir, en se glissant dans le lit, il avait l'impression que les draps étaient mouillés. Les cousins ouvrent des yeux comme des soucoupes. Pourtant, eux aussi connaissent le froid. Ici, il n'y a pas de chauffage sinon de mauvais poêles qui sentent la résine et l'essence, si bien que les nuits d'hiver en Algérie peuvent mordre. Mais l'idée d'un lit transformé en bateau, de draps comme des algues humides, cela les enchante. Ils imaginent leur sommeil cerné de glace, dans un berceau liquide, s'ébrouent comme de petits chats et regardent leur grand-père de leurs yeux resplendissants. Comment fait-il pour les rendre si heureux, si confiants dans cette vie ?

3

L'AMOUR PREND PATIENCE

Depuis trois jours, le sirocco brûle, superposant des orages secs au souffle du désert. Henri est expédié à la messe comme chaque dimanche depuis six mois. Le jeune garçon aurait préféré avoir quartier libre mais son père ne transige pas. Au moins, à l'église, tu auras frais... Sa mère, elle aussi, l'encourage. Tu me raconteras ce qu'a dit le père Paneloux...

Va pour l'office et les chants en latin. Il s'y ennuie à mourir, mais il espère y gagner le droit d'un dimanche tranquille. Ainsi pourra-t-il disparaître dans l'après-midi pour vadrouiller avec ses copains. Tout en marchant, il réfléchit à la meilleure façon de procéder. Le Sébastopol est ouvert, l'auvent en toile jaunâtre replié, la porte grande ouverte pour que le vent circule avant le feu du ciel. Ménélas a sorti les tables en tôle après avoir aspergé le trottoir. L'eau noirâtre a laissé sur le pavé une trace luisante. Il est bientôt neufs heures, les cloches vont sonner. Le quartier ouvre les yeux sur un de ces jours fériés dont personne n'a l'air de penser qu'il pourrait être compromis.

Au comptoir, les premiers clients parlent fort. Ils viennent du chantier des Mimosas et des arènes, se retrouvent au bout d'une nuit blanche. Ils ont profité de la fraîcheur du petit matin pour charger des parpaings ou acheminer des sacs de grain. Ils sont jeunes, cheveux mouillés, verbe haut. Henri les regarde avec envie.

Il file vers le square Jeanne-d'Arc où s'élève la cathédrale byzantine. Déjà, les paroissiens se rassemblent sur le parvis tandis que les gosses jouent entre eux, sans faire attention aux adolescents crasseux qui vendent le journal à la volée. Avec leurs sarouels et leurs gestes éclair, ils ressemblent à des djinns. L'office commence dans la nef bondée. Henri s'est glissé sur le côté pour pouvoir détaler plus vite. Il réalise soudain qu'il a oublié son missel. Peu importe. Il ouvre la bouche et fait semblant de chanter. C'est au tour de Paneloux qui lit la lettre de saint Paul aux Corinthiens. Henri écoute du mieux qu'il peut. Parfois, un mot suffit à le déconcentrer. Ou bien un geste de l'enfant de chœur. Son esprit traverse alors les vitraux et vagabonde jusqu'au port. Tant bien que mal, il rapatrie ses pensées sous les voûtes. Paneloux est maintenant perché en haut de sa tribune, faisant voler ses larges manches immaculées, semblable à un oiseau aux ailes de dentelle. « ... L'amour prend patience, l'amour rend service, l'amour ne jalouse pas, il ne se vante pas, ne se gonfle pas d'orgueil, il ne fait rien d'inconvenant ; il ne cherche pas son intérêt ; il ne s'emporte pas ; il n'entretient pas de rancune... »

Paneloux répète le mot « amour » avec une fougue qui frise la rage. Puis il s'adoucit. Il a les cheveux gris et la peau hâlée, une silhouette courte, nouée, qui paraît sur le point de déplier un géant.

Au retour, la faim tenaille Henri qui se précipite à la cuisine où Mime lui fait goûter ses haricots. Elle oublie de lui demander ce que Paneloux a raconté. Tant pis, il a essayé de retenir les grandes lignes du sermon, mais il se souvient surtout de la mine recueillie de l'assemblée.

— Yvonne et Chouchou sont là ? demande Marius.

— Non, ils sont à Trouville et mes parents sont allés déjeuner chez Jules et Jeanne.

— Nous irons à Trouville dimanche prochain, tranche Marius qui a mis un disque et chante par-dessus l'opéra.

Parfois, Mime jette un œil à son mari et sourit. Parfois même, elle éclate de rire avant de fixer Henri qui lui semble pâlichon. Elle lui trouve toujours quelque chose de travers depuis que le docteur Daoun a décrété qu'il était anémié.

— Tu as encore grandi non ? demande-t-elle par-dessus la musique.

Il hausse les épaules. Il ne sait pas s'il a grandi mais il sait qu'à la rentrée, il sera le plus vieux de sa classe. Cela le désespère. L'école le désespère. Il voudrait que les maîtres fassent cours dans la rue, que le lycée soit installé sur le port. Il rêve de leçons dans les arbres, de lectures dans les arènes. Il déteste l'enseignement qu'on lui impose. Et quand sa mère parle de devenir institutrice, il tremble. Il la voit se transformer en une maritorne. Il voit ses yeux limpides se vider de lumière. Il prie pour qu'elle ne soit jamais ainsi.

— Le médecin a beau dire, ce n'est pas le grand air qui te manque. Un peu de temps, voilà tout... Tu as besoin d'un peu de temps pour devenir un beau jeune homme. Odette a raison ! Ma sœur devine les gens, elle sait à qui elle a affaire.

— Elle a plus de mal à y voir clair quand il s'agit de ses amours..., lâche Marius.

— Peut-être, mais au moins, elle a le courage d'assumer ses désirs...

— C'est vrai, intervient Henri avec force, elle a du courage, Odette !

Son père lève les yeux au ciel. Félicite sa femme pour le gigot.

À la fin du repas, les Monin débarquent pour prendre le café. Ils apportent le dessert qui vient de chez Massiot, comme ils l'annoncent chaque fois en posant la boîte sur la table.

Eugène Monin est un ancien combattant de 14 que Marius connaît depuis l'enfance. C'est un cousin du côté de sa mère, né en métropole, grandi dans le Nord. Ils se sont connus à une époque plus fastueuse et sont restés liés malgré dix bonnes années de différence. Crâne chauve, front qui tombe avec la verticalité des falaises d'Oran, moustache semblable à une haie... Il a un air jovial et désespéré, si tant est que ce soit possible, ou peut-être est-ce sa façon de lever les sourcils, comme s'il était perpétuellement en demande. Mais il ne demande rien. Il arrive, salue, assoit sa grande carcasse, et boit le café que lui sert Mime en s'émerveillant de son arôme. Sa femme Madeleine, figure étroite, long cou, se déplace rarement sans sa sœur, Marie-Louise, qui bien que rivée au couple ne l'a pas accompagné cette fois-ci.

En général, Eugène Monin parle de sa guerre. Il porte un pantalon rouge, non pas la culotte garance de ses combats, mais un froc en grosse toile dont la couleur grenat tire sur le marron. Les yeux sur le gâteau qui lui évoque ce mois d'août 1914 où il a été mobilisé alors qu'il venait de fêter ses vingt ans, il commence à parler sur un ton martial que personne n'interrompt. Henri s'assoit par terre, le dos contre le mur frais, il écoute tout en pensant que Boussif l'attend au port. Monin rapporte qu'avec son copain Jonas, ils étaient tellement épuisés dans son régiment qu'ils s'endormaient en marchant. Henri essaie de se figurer comment on peut avancer en dormant.

— On n'avait même plus la force de se parler, on vivait heure par heure, minute par minute. C'est comme ça qu'on restait en vie, en évitant de se projeter dans l'instant d'après. Alors, c'est certain, on préférait y aller à la baïonnette plutôt que d'attendre que les obus nous tuent... On avait mal aux pieds à un point que vous n'imaginez pas. Les pieds de Jonas étaient en sang. Les miens ne valaient guère mieux. À trois kilomètres d'un village dont on voyait de loin qu'il avait été incendié par les Boches, on s'est arrêté. Comme il n'y avait plus aucun gradé parmi nous, on a décidé de faire une tranchée et d'attendre. Mais à peine on s'était endormi que la charge a repris derrière nous. Et à ce moment-là, au moment où je me relevais, j'ai vu le clairon se faire tuer sous mes yeux...

Henri comprend que le clairon n'est pas l'instrument mais celui qui s'en sert. Cela le bouleverse.

— Le clairon, l'artillerie, et les autres, continue Monin, j'avais l'impression qu'ils tombaient tous autour de moi. Je ne sais pas comment on s'est retrouvé sur ce champ de bataille. On était à peine plus de cinquante alors qu'au départ, on était quatre fois plus. Le capitaine Clément a réapparu soudain, à l'orée du bois, j'étais bien content, je me sentais en sécurité sous ses ordres, ça ne s'explique pas... Je me disais : tant que tu es avec lui, tu ne mourras pas. Moi, je suis toujours vivant, mais lui, il est mort deux jours plus tard. À La Boisselle, je crois.

Il raconte les combats de Maissin, de Bulson, puis ceux de la Marne : Fère-Champenoise, Écury-le-Repos... Tous plus meurtriers les uns que les autres.

— Allez vivre, après ça ! On a beau avoir vingt ans, quelque chose s'est desséché à jamais. Il ne reste que la honte d'avoir voulu tuer. La honte de soi, la haine de ceux qui vous ont envoyé au carnage, la haine des armées...

Henri tente d'imaginer ce pays où l'on se massacre à l'orée d'un bois, lui qui a toujours pensé que la France ressemblait à la Sibérie de *Michel Strogoff*. Monin boit un autre café et finit son morceau de gâteau tandis que Marius se saisit du journal pour lui lire un article. Mime s'excuse auprès de Madeleine et se retire. Henri en profite pour s'échapper.

Il dévale le boulevard et court jusqu'au port. Boussif et Martinez l'attendent au bout de la jetée, accroupis, leurs orteils agrippés aux rochers comme de petites ventouses. Ses pieds à lui brûlent dans ses chaussures à lacets.

— Faradji n'est pas là ?

— Non, il a pas pu venir. On plonge et on repart à la grotte ou on y va tout de suite ? demande Martinez.

— On y va maintenant. Ici, on va se faire repérer, dit Boussif en se levant.

Les trois camarades se tapent sur l'épaule avant de repartir. Ils longent les bassins qui brillent sous le soleil, dépassent la gare maritime, suivent les docks. Ici aussi, en contrebas de la voie ferrée, la ville dort. Les navires à quai, la mer d'huile, les énormes tonnes, tout est inerte jusqu'aux falaises. Une trotte. Ils filent à l'ombre des bâtiments, traversent la batterie du ravin Blanc qui pue le mazout. Ils n'ont pas le droit d'être là, se prennent pour des contrebandiers.

— Vous savez qu'on peut dormir en marchant quand on est vraiment très fatigué ? lance Henri quand ils sont sortis d'affaire.

— Non, on tombe ! lâchent en chœur ses camarades.

— Ben non, on avance, insiste Henri.

Ils progressent jusqu'à la dernière jetée, escaladent la caillasse. Il faut redescendre par un goulet sombre où le clapot résonne. Ils atteignent enfin la Cueva, une caverne aux parois humides et au sol glissant – la légende veut qu'une source miraculeuse y coulait autrefois. Un peu après, ils débouchent sur une crique au sable gris. Quelques gosses jouent là, sans faire de bruit, un vieux pêcheur, mégot aux lèvres, s'assoupit.

Boussif fait signe à Henri.

— Tu devrais lui demander de marcher pour voir !

Ils se déshabillent, plongent et rejaillissent au milieu de l'écume tels de jeunes marsouins, grêles et lisses, se laissant encore et encore ensevelir par cette eau claire qui les revigore. Ils nagent jusqu'aux rochers d'en face, soignant leurs gestes, surtout Martinez qui vient d'apprendre le crawl. Boussif, lui, se jette avec la rage de gagner même si personne n'a parlé de compétition. Henri aussi sait nager le crawl et il accélère en fin de course pour coiffer tout le monde au poteau. Quand ils reviennent sur la berge, le pêcheur dort profondément, son bras replié sur sa poitrine, enserrant sa canne.

— On va à la Tejera ? propose Martinez.

— Non, c'est trop loin, j'ai promis à ma mère de rentrer pas tard pour l'aider, dit Boussif.

— Tu l'aides à quoi ?

Il hésite, hausse les épaules en ricanant.

— Je l'aide à compter !

Mais ni Henri ni Martinez n'ont envie de se moquer. Ils sont assis côte à côte, petits hommes en maillots à bretelles, ruisselants, essoufflés. Martinez se met à parler de la guerre d'Espagne et de son père qui a peur pour sa famille là-bas. Ses copains l'écoutent. Ils ne savent pas grand-chose de tout ça, sinon qu'il vaut mieux être ici, devant la mer, soudés à la vie à la mort.

Les Monin sont partis depuis un bon moment quand Henri rentre à Eckmühl. Ses parents discutent pied à pied. Ah, tu es là, toi ? lance Marius en voyant son fils. Il file dans sa chambre, mais il les entend. Ils parlent de Trouville et de la Cochinchine. Mime parle d'argent, dit qu'elle veut quitter les hypothèques, qu'elle va devenir folle. Puis elle évoque sa jumelle, en baissant la voix, et Marius frappe du poing contre le mur. Le choc résonne sur la paroi, un bruit sourd qui se propage, ébranle le coffre de la maison.

Henri ouvre son roman préféré, *Pipo et Pip*, dont les esquisses frêles accompagnent le récit. Un simple trait d'encre, une minuscule vignette. Comme c'est beau, songe-t-il. Sa mère vient le chercher pour dîner au moment où il prend son crayon.

— Garde ton crayon, tu dessineras ton père, lui dit-elle, comme ça il verra à quoi il ressemble quand il fait la tête...

À table, Marius attend devant un bol de lait et des tartines. C'est le menu du soir.

4

UN ORAGE D'ÉTÉ

Cet été-là, en 1938, ils commencent à profiter de Trouville. Peut-être ont-ils acquis le terrain un peu plus tôt, je ne sais pas. L'acte de vente a été perdu, il faudrait chercher, se déplacer, creuser. L'indépendance a balayé tout ça, et le travail de fouilles auquel je me livre tient autant de l'exhumation que de la rêverie. Quelques dates, une vertèbre, suffisent à ma joie de nageuse archéologue. Je sais que cette maison au bord de la mer dont j'ai déjà parlé et que mon grand-père a mis des années à installer a été achetée avant-guerre. Cet achat a-t-il été à la source d'une discorde familiale ? Difficile de le savoir au sein de ce clan où les caractères s'entrechoquent et où des jumelles sont capables de se prendre en grippe. À propos, chaque fois que j'y reviens, je bute sur la même énigme. Qu'est-ce qui a bien pu déclencher cette brouille entre Mime et Suzanne ? Rivalité amoureuse, affaire d'argent ? Blessure d'enfance ? Se sont-elles lassées de leur ressemblance au point de prendre le plus petit prétexte pour s'éloigner ? La plupart des jumeaux demeurent inséparables – pas elles qui ont cessé d'aimer leurs similitudes, n'ont plus voulu éprouver les mêmes humeurs, dire les mêmes mots, être associées en permanence. Siamoises défectueuses qui réclament leur autonomie.

S'il y a eu dispute, je ne sais à quelle date elle remonte – les années vingt? plus tard? – ni si elle a un rapport avec Marius. Aurait-il refusé de demander à sa banque un prêt au moment d'acheter sa petite villégiature? Ou au contraire l'a-t-il fait, défavorisant du même coup la candidature de Suzanne? Y a-t-il un lien avec Victor et Blanche qui, l'été, louaient un modeste cabanon à Trouville? Est-ce un différend au travail? Y a-t-il une tierce personne à l'origine de la querelle? On peut tout envisager. Les survivants sont peu nombreux et ils ne savent pas ou ne se rappellent plus. Ils étaient enfants à l'époque.

Au bureau des hypothèques, pourtant, tout avait bien commencé. Albert Munos, premier commis, a fait rentrer les jumelles aux alentours de 1920, l'une dans la foulée de l'autre. Elles ont une vingtaine d'années, gagnent leur vie au même rythme. L'avenir leur appartient. Albert Munos est un bon vivant, le genre d'homme qui aime fédérer un groupe autour de lui. Séduisant, séducteur, il épouse Suzanne le 25 mai 1925. Un mois avant, Mime a épousé Marius. Cette proximité des dates, évidemment, interroge. Munos aurait-il aimé l'une avant l'autre? Serait-ce à ce moment-là que les choses se sont gâtées et que la gémellité a muté en détestation? Sans jamais dire de mal l'une de l'autre, laissant la distance s'installer, comme si elles avaient passé un pacte de non-agression et de non-amour à la fois. Les noces, les naissances et les enterrements qui s'égrènent au cours des époques suivantes les replacent face à face sans les réconcilier. Elles se revoient en 1929, au mariage d'Odette, dont elles sont toutes deux les témoins. Puis en 1932, au mariage d'Yvonne. Et à la mort de Simone, cinq ans après, je ne peux pas croire que Suzanne ne se soit pas manifestée. L'a-t-elle fait, cela a été en vain.

En attendant, le pays triomphe. La colonisation agricole a fini par se stabiliser. L'essor urbain semble radieux. Chacun a cru que l'euphorie des Années folles allait se propager à la décennie suivante. Or, la grande dépression a touché l'Algérie. Par ricochet, disons, de loin. Ce sera toujours de loin, d'ailleurs, comme si ce territoire, au fond, n'avait jamais appartenu qu'à l'outre-monde. Son destin est à la marge. Celui de ses habitants confine au fantasme, Arabes et Européens confondus dans un même orientalisme primitif. On croit les Blancs calés dans un aveuglement qui confine à l'innocence, fiers-à-bras, abêtis par le soleil et la jouissance ? Ils sont en mal de la patrie originelle, accablés par le sens du devoir. Ils se rendent en France comme on va en pèlerinage. Quant à ceux qui n'y sont jamais allés, ils en rêvent. Le reste du temps, ils affrontent la canicule, la misère, les épidémies, les sauterelles, sans parler du catalogue des faillites politiques dont les années trente produisent une collection exceptionnelle.

À Oran, ville de ravins et de fortifications, il suffit d'une étincelle pour que ça flambe. On court vers l'autre guerre en croyant que les grands travaux garantiront la paix. Le port et sa longue jetée, le front de mer éternellement prolongé, les comblements inlassables pour aplanir une ville hérissée sur un plateau, fendue par ses oueds, vouée à s'effondrer sous le pas de ceux qui la piétinent. Un peu plus à l'ouest, Mers el-Kébir, l'autre port, est en pleine expansion militaire pour devenir une base navale. Tout ici reflète ce monde qui se construit pour mieux se détruire.

À la campagne, les petits propriétaires terriens, qu'ils soient indigènes ou pieds-noirs, se voient transformés en métayers par de plus riches. En ville, hommes et femmes travaillent dur, et le samedi, s'enivrent d'anisette dans les guinguettes de Canastel et d'Aïn el-Turck. La cité espagnole adore la parade, les *paseos*, les roulements de tambour. Chacun tâche de trouver sa place entre la plage et le cimetière, entre sa tragédie propre et celle d'un pays qui sort de terre mais nourrit sa colère.

Marius et Mime aiment Trouville dont les nuits sont si noires qu'elles en sont effrayantes. Puisqu'ils n'iront pas à Saïgon, ils cultivent leur lopin de sable où quatre murs offrent l'abri dont ils ont besoin.

Le dernier été avant la guerre embrase la corniche. Oran tremble, évaporée comme un mirage. Il faut fuir. Mime prend ses livres pour étudier. Elle a toujours l'intention d'entrer dans l'enseignement grâce à son brevet supérieur. Heureuse obstination car une loi de décembre 1932 a fermé le métier aux titulaires du brevet élémentaire. On patauge en pleine réforme de l'instruction publique, mais elle au moins pourrait être nommée quelque part, pas trop loin de chez elle. Aux hypothèques, sa tâche est devenue monotone. Elle qui est curieuse de tout ressasse un boulot qui ne lui offre plus de surprise. Ne parlons pas de sa jumelle sur laquelle elle tombe chaque fois qu'elle se déplace d'un bureau à l'autre. Heureusement, l'un de ses neveux vient d'être admis. Avec sa gentillesse de nouveau venu, il apporte un peu de fraîcheur. Mais Mime n'en démord pas, elle veut apprendre à lire et à écrire aux enfants, combattre l'ignorance. Elle essaie aussi de venir à bout de cette sale idée que la guerre, finalement, ensevelirait tout, y compris sa petite existence.

Cela ne lui fait pas peur d'affronter une classe, au contraire. Elle adorerait être devant des gamins qu'il faut apprivoiser. Avec Henri, c'est parfois à couteaux tirés, alors que face aux gosses qu'elle ne connaît pas, elle se sent des ailes. Elle n'est pas si différente d'Odette en cela.

Irène Peretti la relance un jour d'orage. Le ciel, parfaitement dégagé depuis des semaines, s'est chargé de nuages prêts à crever. Dans les rues, tout le monde lève les yeux en espérant la délivrance. Quand l'averse tombe, Mime a juste le temps de se réfugier sous un auvent. Et puis elle se ravise, offre son visage au déluge. Trempée, elle pense à Marius qui bêche le sol à Trouville. Elle regarde l'eau dont les gouttes éclatent par terre avec fureur. Elle se demande comment de si petits éclats peuvent produire autant de désordre. Bientôt, les égouts débordent, une odeur de fosse monte du caniveau. Sa jupe et ses cheveux ruissellent. Cela fait un bien fou, tant pis pour la puanteur. On s'y habitue au point de percevoir derrière la pestilence le sillage de la mer. Algues, limons mêlent leurs notes à celle du sulfate. La cataracte cesse aussi brusquement qu'elle a commencé. Les passants se sont remis à marcher, revigorés par la fulgurance de cette douche collective. Seul le tonnerre continue de gronder au-dessus de Notre-Dame de Santa Cruz.

Mime arrive chez Irène qui s'exclame en la voyant : Mon Dieu, Germaine, venez vite vous sécher !

Elle remplace la citronnade au-dehors par un thé à l'intérieur. De nouveau, on étouffe. On dirait que la pluie a généré une moiteur plus lourde. L'air est épais, collant.

Mime se sèche les cheveux avec la serviette qu'Irène lui apporte. Elle ne peut s'empêcher de regarder autour d'elle. Ce qu'elle entrevoit ne correspond plus à ce qu'elle a vu durant cette nuit étrange où les esprits étaient convoqués. Au fond, elle est venue ici deux ou trois fois, pas plus, et à chaque visite elle redécouvre les lieux. Rien ne se fixe dans sa mémoire de cet espace dont les pièces, selon que les portes s'ouvrent ou se ferment, se configurent différemment : une succession de salons ou des boudoirs clos. Une atmosphère de fête ou un confinement de sacristie. Elle se rappelle que dans un premier temps, le séjour lui avait paru luxueux mais glacial. La bibliothèque ressemblait à un bureau de ministre. La cuisine, au bout du couloir, l'avait impressionnée avec son ordre aseptisé et surtout, attenante, une adorable terrasse donnant sur les toits d'Oran.

Mime aime le dédale de cet appartement modulable, plein de surprises selon les heures du jour. Elle rêve souvent d'intérieurs magnifiques où elle est censée vivre, bien qu'elle soit impuissante à les investir, car ils sont si complexes, si vertigineux, qu'elle doit renoncer à les occuper entièrement. La perspective de pouvoir les parcourir suffit à lui procurer un intense sentiment de bonheur même si elle devine, jusque dans son sommeil, qu'elle est une propriétaire fictive. Elle se réveille dépitée. Du moins quand ses cauchemars l'épargnent, qu'ils lui laissent le répit nécessaire pour savourer cette brève parenthèse nocturne.

— Vous n'avez pas accompagné Marius à Trouville finalement ? demande Irène en lui tendant sa tasse.

— Si mais j'avais trop de choses à faire ici et j'ai profité de ce qu'un ami rentrait.

— Ils ont fini le tunnel de Mers el-Kébir ?

— Oh non, pas encore, et la route est épouvantable. On ne peut plus accéder à la batterie du Santon, il a fallu faire un détour.

— Darlan veut à tout prix que la base soit prête en cas de guerre, on dirait. Cela me terrifie.

— Vous croyez vraiment qu'il y aura la guerre ?

— Je ne sais pas, mais j'en ai peur...

Les deux jeunes femmes soupirent.

— Et vos travaux à vous, ils avancent ? Ils n'ont rien de militaire au moins ?

Mime sourit.

— Non. Ils avancent... La phase des parpaings et du ciment est derrière nous, heureusement. On n'a pas grand-chose mais on peut y dormir. On a de l'eau, on a même une douche au sous-sol, bien que pour l'instant, elle ne marche pas, faute de raccordement... Et puis le terrain est dénivelé, il a fallu s'en arranger. Tout est sablonneux, mais Marius ferait pousser des edelweiss en pleine savane !

Irène la regarde attentivement.

— Vous avez de la chance d'avoir un si gentil mari, lâche-t-elle.

Mime détourne le regard, rebutée par le qualificatif, qu'elle trouve mièvre même si elle mesure la tendresse qu'Irène y a mise. Elle n'a pas envie d'enchaîner. Parler de Pierre Peretti, par exemple, ou protester que Marius a ses mauvais côtés... Elle préfère se taire. D'ailleurs, elle ne s'est jamais beaucoup confiée. Il y a des choses dont on ne parle pas. Non qu'elles soient inutiles ou indécentes mais parce qu'elles entretiennent le désespoir.

— Pierre est très expert en botanique aussi, non ? finit-elle par relancer.

— Oui, il connaît bien les plantes, mais je me demande s'il les aime tant que cela... Enfin, c'est vrai qu'il est assez doué. Je ne sais pas comment il fait ! Avec moi, la verdure dépérit !

Elle rit avant de reprendre :

— Et votre fils ? Comment va-t-il ?

— Très bien, très bien... L'air de Trouville lui fait du bien. Il est malheureux de redoubler, vous n'imaginez pas ! Il n'a pas assez travaillé et il est puni, c'est comme ça.

— C'est un bon petit...

— Oui, c'est un bon petit...

— Cet orage n'a pas tellement rafraîchi l'atmosphère, poursuit Irène qui ouvre la fenêtre et propose à son amie d'aller de l'autre côté, sur la terrasse.

Le temps de parcourir le corridor en L qui rejoint les deux angles de l'appartement, Mime aperçoit la bibliothèque dont la porte est entrebâillée.

La terrasse, plein est, donne sur le stade dont on ne distingue pas grand-chose sinon une tribune et les maisons en bordure de la rue Clovis-Dupuy. Mais ce n'est pas la vue qui enchante ici, c'est la façon dont l'espace exigu a été transformé en jardin. Palmiers chanvre, grenadiers, jasmins, ficus... La végétation est à la fois profuse et ajustée, tissant un décor de feuillages que la pluie a rincés. Dans la lumière de ce milieu d'après-midi, dissipée par cette oasis de plantations qui retient l'eau et filtre le soleil, la chaleur est enfin supportable.

Les deux jeunes femmes s'assoient côte à côte dans des fauteuils de rotin. L'auvent de grosse toile, replié à la hâte, encore mouillé, dégage un arôme douceâtre. Le vent de la mer s'est levé, bienfaisant. Mime ferme les yeux et, à sa grande honte, s'endort. Quand elle se réveille, Irène se remet à lui parler comme si de rien n'était.

— Vous aimeriez qu'on refasse une séance ? La dernière fois, votre petite Simone est demeurée silencieuse mais peut-être serait-elle en confiance à présent ?

— Oh, je ne crois pas, Irène, réplique Mime. J'y ai beaucoup réfléchi, vous savez, et je voudrais qu'elle vive sa vie de morte désormais sans moi et sans mes larmes.

Irène hoche la tête.

— Bien sûr, je vous comprends. Peut-être plus tard en aurez-vous envie ? Peut-être est-ce trop tôt en effet.

— J'ai résolu d'aller la voir au cimetière...

Elles demeurent sans parler un moment, suivant des yeux les oiseaux qui volent vers la mer invisible.

— J'aime beaucoup votre maison, soupire Mime. Elle est apaisante.

— Vous y êtes chez vous, ne l'oubliez pas. Et nous n'avons pas besoin de faire bouger les tables pour nous voir !

Elle se lève aussitôt et son invitée comprend qu'il est temps de prendre congé. Elles retraversent le corridor l'une à la suite de l'autre.

Devant la porte, Irène Peretti stoppe brusquement et se retourne, la main sur la poignée.

— Moi aussi, j'ai perdu un enfant, dit-elle. Un bébé de quelques jours, ce n'est pas tout à fait pareil, mais c'est insupportable...

Elles se dévisagent tandis qu'Irène, tout en souriant, ouvre et pousse quasiment son invitée dans la rue.

— C'était un petit garçon ? demande Mime.

— Oui, nous l'avons appelé Jean. Je ne sais pas pourquoi je vous dis cela, pardon. Je pensais seulement, l'autre soir, je pensais... il était si petit... même si je voulais convoquer son esprit, je ne pourrais pas le faire parler. Vous comprenez ?

Irène prend Mime dans ses bras et l'étreint longtemps en chuchotant à son oreille : Rentrez vite, rentrez vite rejoindre votre adorable mari.

5

UN DIMANCHE À TROUVILLE

Mime a lu et adoré *La garçonne* de Victor Margueritte, mais les écrivains classiques ont sa préférence, y compris ceux qui, à la fin du XIXe, ont considéré l'Algérie avec un embarras teinté d'ennui. Parmi eux, Maupassant est peut-être le seul à être allé voir de près ce qu'il en était, écrivant des pages superbes et terribles sur cette jeune colonie française.

Mime lit Bernanos, néanmoins, l'un des rares auteurs modernes qui ait sa place dans la bibliothèque familiale et dans son cœur. Aussi trouve-t-elle normal, quand Henri vient l'interroger sur la guerre d'Espagne, de lui tendre *Les grands cimetières sous la lune*.

— Bernanos en parle mieux que je ne saurais le faire, lui dit-elle.

Elle apprécie que le romancier de *Sous le soleil de Satan* soit chrétien. Son grand prix de l'Académie doit la rassurer aussi, mais ce qu'elle aime par-dessus tout, c'est la brutalité de ses phrases, la façon dont il lie les mots pour conduire cette aversion où elle distingue l'amour blessé. Elle essaie d'expliquer cela à son fils.

Il la regarde avec candeur.

Elle lui lit un court passage qu'elle a soigneusement choisi : « Je passe mon temps à essayer de comprendre, unique remède contre l'espèce de délire hystérique où finissent par tomber les malheureux qui ne peuvent faire un pas sans se prendre le pied dans une injustice soigneusement cachée sous l'herbe, ainsi qu'une chausse-trape. J'essaie de comprendre. Je crois que je m'efforce d'aimer. Il est vrai que je ne suis pas ce qu'on appelle un optimiste. L'optimisme m'est toujours apparu comme l'alibi sournois des égoïstes, soucieux de dissimuler leur chronique satisfaction d'eux-mêmes. Ils sont optimistes pour se dispenser d'avoir pitié des hommes, de leur malheur... »

— Tu vois, cela frappe et retentit, sans se plaindre. C'est un refrain intérieur, dur, c'est un requiem au fond.

Henri n'a pas l'air convaincu. Ni très rassuré par le regard de sa mère qui passe de la morne litanie à une excitation effrayante. Elle reprend.

— Quand je lis ça, tu éprouves quelque chose, non ?

— J'entends ta voix et je la trouve belle, répond-il sans réfléchir.

— Oui, mais encore ? Les mots, tu entends bien ce qu'ils disent et ce qu'ils sous-entendent, les mots ?

— Oui...

— Et cela te met dans un état particulier ?

— Oui...

Il n'ose pas la contredire mais il ne ressent pas grand-chose.

— Qu'est-ce que tu as compris à ce que je t'ai lu ?

Henri hésite, rassemble ses forces :

— Il est triste, cet écrivain. Même l'herbe le rend malheureux.

— Tu as raison! Même l'herbe cache une injustice... Bernanos est empli de fureur et son livre est un pamphlet. Il dénonce ce qui ne va pas, les horreurs qu'il a vues. Il témoigne. Il veut comprendre avant tout, sans préjugés. C'est ce qu'il y a de plus difficile au monde. Tu comprends?

Henri hoche la tête gravement.

— Et ça raconte la guerre d'Espagne? demande-t-il.

— Oui, tu verras... Un peu après.

Il saisit le livre, le contemple comme une relique.

— Tu t'entraînes à être maîtresse?

— Oh tu sais, si je le suis un jour, on me confiera d'abord des petits, je leur apprendrai à lire... Toi, tu es grand.

Elle se remet à son ouvrage. Elle a entrepris de retapisser une chaise rococo dont le châssis brun est sculpté avec une infinité de détails. Blanche lui a donné une belle soie bleue qui devrait faire l'affaire. Quelques clous à tête ronde, un peu d'étoupe. Un coup de marteau sûr et régulier. Elle aime se servir de ses doigts. Elle veut finir vite pour l'emporter à Trouville demain. La carriole sera chargée. Toute une ribambelle d'enfants en plus de la chaise. Henri a invité ses copains, Faradji, Boussif, Martinez, et il y aura Roro, Bébert, Dédé, les éternels cousins. Line aussi, qu'Odette a déposée avant de repartir à Sidi Bel Abbès. Marius est parti la veille, avec Eugène Monin. Sa femme, elle, tout le monde l'oublie, mais elle finit toujours par réapparaître avec son sourire indélébile.

Henri se fait une joie de cette journée avec ses camarades. Il n'en dort pas. Allongé sur son lit, les draps rejetés aux chevilles, il essaie de lire le bouquin que sa mère lui a conseillé mais son esprit vagabonde. Parfois, un mot le cueille. « Cons », par exemple. Comment ose-t-on écrire une telle chose ? Elle est pourtant bien là, en toutes lettres à la page 34, il n'a pas rêvé. « Le dernier encouragement, le suprême salut de la patrie, sous les espèces du hargneux coup d'œil de l'adjudant rengagé affecté au magasin d'habillement et qui les traite de cons... » Il n'y comprend rien mais il sait distinguer une insulte même si le contexte est flou. Comment Mime peut-elle admirer un écrivain qui écrit « cons » ? Comment peut-elle lui recommander pareille lecture ?

Le lendemain, ils partent tôt pour éviter les heures brûlantes. Boussif, Faradji et Martinez sont arrivés les premiers, ils n'osent pas se manifester, guettent Henri depuis la rue. Line dormait en face, chez ses grands-parents, et elle est sortie dès qu'elle a aperçu les garçons. Frange châtain, sourire malicieux, elle active le départ. Mehmet a rapproché la carriole que Mime charge de ravitaillement et de la chaise retapissée. Les gosses s'empilent à l'arrière. Le ciel a la teinte d'une dragée pâlie au soleil. Un vent doux souffle sur l'assemblée qui rit de son bonheur : partir dans la fraîcheur du matin sur la route de la Corniche. Le vieux cheval semble résigné, comme s'il savait que ce sont ses derniers pas, son ultime voyage au long d'un chemin harassant qu'il connaît par cœur.

Mime tient les rênes mais la bête ne lui obéit que par charité, et après tout, que sait-on de la charité des chevaux ? pense Henri qui est le seul à poser sa main sur son encolure.

Car la route est longue, une douzaine de kilomètres à flanc de colline, au-dessus de la Méditerranée. D'habitude, ils prennent le tramway dont la clochette signale les arrêts, mais il ne va pas jusqu'à Trouville, il faut s'entasser dans une camionnette pour finir la route, et puis le chargement est trop important, Mime préfère être indépendante, tant pis pour les lacets interminables. Sans compter qu'elle s'amuse à conduire cet attelage. Mehmet qui l'utilise tous les jours pour transporter le maïs, la lui prête volontiers quand il ne se propose pas lui-même de les emmener.

Dès le début, Henri a aimé Trouville passionnément. Il a aimé la baie d'Aïn el-Turck, la douceur des Andalouses aux noms de villégiatures normandes : Saint-Roch, Deauville, Trouville, Bouisseville, Albert-Plage, Clairefontaine. Parfois, ce sont de simples essaims au milieu du sable, parfois des embryons de villes nouvelles. Il a aimé les buissons argentés, les essences sèches et entêtantes, les routes de gravier, les toits coquelicot et les quelques villas à colombages. Il a aimé la mer et son horizon de feutre mauve, ses coquillages fossilisés, sa plage de sable gris, la dune inclinée derrière les talus et sa croûte en forme de carapace. Il a aimé la montagne pelée qui décroît jusqu'au rivage. Il a aimé la brise du petit jour qui donne vie aux insectes et transporte les senteurs. Du matin au couchant, il est dehors, revient, repart, ne se lasse pas d'arpenter ces kilomètres de littoral où jaillissent des fanfares en pleine torpeur dominicale.

La nuit, c'est une autre histoire. Il faut allumer les lampes à acétylène et se débrouiller avec la pénombre. Les soirs sans lune, le paysage fond, lugubre, hanté par le ressac dont on entend le grondement animal. Pas d'éclairage public, rien. Quand son père l'envoie à l'autre bout du terrain pour tester sa bravoure, il n'en mène pas large. Vas-y mon garçon, un peu de courage ! lui lance Marius.

Il s'aventure dans le noir à pas lents, tressaille au moindre bruit en maudissant le ciel d'être si obscur. Mais le lendemain, à peine ouvre-t-il les paupières qu'il éprouve l'exultation d'être vivant. L'odeur des lentisques l'assiège et tous les parfums de cette terre lui rentrent dans le corps.

Aujourd'hui, il a dormi dehors, sous la tente, avec Boussif, Faradji et Martinez. Les cousins se sont éparpillés chez leurs oncles et tantes. Line a choisi de suivre Robert qui est le plus grand et le plus attentionné. Henri, lui, veut se consacrer à ses copains : ils viennent pour la première fois à Trouville.

Son père a travaillé comme un forçat pour planter des cyprès et des ancolies. Il emploie Beckett, un type du coin qui connaît le sol et s'est transformé en jardinier officiel. Il a des bras solides et des jambes maigres, la peau luisante, un regard doux qui envisage toujours le bon côté des choses.

Même le chiendent a du mérite à ses yeux. Pousser sous ce cagnard... Henri l'aime d'autant plus que pour lui Beckett est indissociable de Trouville. Marius aussi s'est attaché à lui. Ils ne se parlent guère tous les deux quand ils retournent le sable, mais un simple signe les accorde. L'autre jour, une voisine s'est approchée pour demander de l'eau. Elle s'est adressée en arabe à Beckett qui arrosait. Il s'est retourné vers Marius pour obtenir son autorisation d'un regard avant de diriger le jet sur les bassines de la femme.

Pendant que Marius envisage le jardin, Mime pense à la maison. Agrandir le sous-sol, finir d'installer les canalisations, ajouter à la douche du bas de quoi se laver à l'étage. Changer la literie, aménager la terrasse. Ne parlons pas des toilettes, qui sont encore à l'extérieur. Le chantier est copieux même s'il a avancé. Eugène Monin les encourage, sur le seuil de sa villa « maboule ».

Henri emmène ses amis. Le ventre vide, ils dévalent les escaliers qui, entre deux murs rongés par le sel, débouchent sur le rivage. Le hangar à bateaux les retient un moment, ils traînent entre les coques, puis s'en détournent, détalent comme s'ils étaient poursuivis, courent jusqu'à l'eau.

Ici, la Méditerranée est autrement plus impressionnante qu'à Oran où le port et les falaises semblent s'en défendre. La rade des Andalouses ouvre les bras à cette nappe étincelante, face à quoi Henri éprouve l'ampleur de la mythologie. Il voit les navires d'autrefois et le peuple de ses héros accoster au pied du djebel.

Vers midi, ses parents arrivent. Les cousins aussi, qui se jettent à l'eau, se vautrent dans le sable, roulent leurs peaux mouillées dans cette chapelure chaude que les vagues rincent en un plongeon. Yvonne et Chouchou les rejoignent, avec leurs deux fillettes, petites poupées aux yeux clairs qui jouent sagement et que Mime regarde sans parvenir à les approcher.

Ils déjeunent tard, vers deux heures, à l'ombre de l'auvent improvisé grâce à une grand-voile récupérée dans un lot d'accastillages. Marius a planté une armature de bambous ligotés entre eux, reliés aux pins et au dattier solitaire dont le stipe offre les écailles idéales pour amarrer un cordage. Il a suffi ensuite d'attacher le triangle en trois prises distinctes, et de border les écoutes comme en pleine mer. Quand le vent souffle sur la toile étarquée, elle se soulève, claque, met à l'épreuve les fixations mais résiste. Les jours de vent, les bourrasques donnent l'illusion d'un renversement imminent, avant de se dissoudre en une pluie d'aiguilles et de feuilles dont le bruit, sur ce toit de fortune, endort délicieusement.

Plantés le long de la clôture nord, les petits conifères constituent le premier rempart du modeste domaine. L'air, le soleil, les cailloux et cette maudite citerne reliée à la source de Clairefontaine, c'est le trésor de Marius et Mime qui se projettent dans un paradis à venir alors qu'Henri y est déjà tout entier. Il est enfant de l'instant, héritier de cet été unique. Il y en aura d'autres, mais celui-là le marque à jamais.

Après le repas, il entraîne Faradji, Boussif et Martinez dans le sahel, cet arrière-pays où le refrain des cigales donne le vertige. Ils marchent vers le sud, et ce sont bien les seuls à vouloir s'enfoncer dans la broussaille. Ils ont trouvé l'anfractuosité d'un rocher devant laquelle poussent des immortelles au parfum d'anis. Henri les arrache et les tend à ses copains d'un geste de propriétaire qui ferait sentir son vin. Accroupis contre la pierre, ils discutent. Ils se racontent des histoires de leurs pères. Chacun en rajoute sur l'héroïsme du sien. Henri les sidère quand il leur dit que Marius, pendant son service militaire à Bizerte, a gagné un pari en ouvrant une boîte de sardines avec les dents, laissant une canine au passage. Boussif, à qui il en manque une, siffle, admiratif. Pour ne pas être en reste, Martinez rapporte un nouvel exploit paternel durant la guerre d'Espagne, à laquelle pourtant il n'a pas participé puisqu'il vit en Algérie. Henri aimerait pouvoir le contredire avec des faits mais il en est bien incapable. Et ce n'est pas le livre de Bernanos qui va l'aider. Il le cite néanmoins, histoire de montrer qu'il maîtrise le sujet. Ni Martinez, ni Boussif, ni Faradji n'ont entendu parler des *Grands cimetières sous la lune*.

— Regardez ! s'écrie soudain Boussif.

Une bestiole passe à toute vitesse et court se réfugier entre deux roches.

— C'est une belette ! clame Martinez.

— Non, c'est un écureuil !

— Non, c'est un rat des bois !

— Ça n'existe pas, les rats des bois !

— Mon père, il avait un rat de compagnie quand il était petit, déclare Henri qui se rappelle tout à coup cette anecdote.

— Un rat de compagnie ? répètent les autres avec une grimace de dégoût.

— Oui, un rat de compagnie qu'il avait appelé Justin.

Ils s'esclaffent, blaguent sur tous les tons.

— Je vous jure, et un jour, le pauvre, il s'est fait écraser...

— Ton père ?

— Mais non, idiot !

— Justin ?

— Oui, quelqu'un a ouvert la porte brusquement, et l'a écrabouillé !

— Il devait avoir de la force celui qui l'a écrabouillé, hein, lance Boussif qui est du genre à se méfier. T'es sûr que c'était pas une souris plutôt ?

Martinez et Faradji éclatent de rire.

— Mais non, triple buse ! Réfléchis ! Une souris, elle se serait échappée. Pas ce rat qui était gros et complètement apprivoisé. Très confiant. Il a pas vu venir la porte.

— Mouais, c'est bizarre quand même...

— Tu demanderas à mon père ! Tu verras ! Il avait un chagrin incroyable, il m'a dit. Il a pleuré son rat pendant des semaines...

— Moi, j'adorerais avoir un rat de compagnie, murmure Faradji. Je le baladerais en laisse et je ferais peur aux Françaises dans la rue !

Ils rigolent.

— Moi, mon père, il m'a raconté que son oncle avait un léopard apprivoisé, dit Boussif.

— Quoi ?

— Oui, un léopard magnifique, avec des yeux de fatma, cernés de noir. Il l'avait payé très cher...

— Mais je croyais que t'avais pas de père ? lâche Faradji.

Décontenancé, Boussif saisit un caillou et remue la tête, comme s'il allait dire quelque chose qui ne se décidait pas à sortir. Henri fait les gros yeux à Faradji. Martinez essaie de venir au secours de son copain :

— C'était pas l'oncle de ta mère plutôt ? Tu m'avais pas dit que son oncle était un excentrique de catégorie ?

Boussif dit qu'il n'en sait plus trop rien et qu'il s'en fout. Il se met à courir dans la direction qu'a prise la belette. Les autres le suivent. Juchés sur des étalons imaginaires, ils chevauchent. Henri prend la tête de son régiment de cavalerie pour le guider à travers la steppe. Il y a des sables mouvants, des feuilles carnivores, des créatures sauvages. Leur mission est à haut risque. Ils doivent sauver Jérusalem et aller jusqu'au douar acheter des œufs. Mime a bien recommandé de les rapporter entiers. L'heure tourne. Il faut se dépêcher s'ils veulent s'en tirer vivants et retrouver les autres à la plage.

6

UNE VIE À VENIR

Quelques jours après les accords de Munich, Mime apprend qu'elle est enceinte. On est début octobre 1938, et elle songe : il n'y aura pas de guerre et j'attends un enfant ! Le docteur Daoun l'a regardée prudemment, lui confirmant ce qu'elle savait déjà. Elle lui a su gré de ne pas prononcer le genre de phrases toutes faites qu'on répète en se croyant philosophe. Elle est bien placée pour savoir que si la vie prend le dessus, du moins la vie physiologique – et cela la répugne assez pour qu'elle n'ait pas besoin qu'on vienne le lui dire –, il en va autrement de l'existence psychique. D'ailleurs, ce qu'elle éprouve est infiniment mêlé. C'est un soulagement et un déchirement. Deux forces qui s'affrontent où ne brille aucune joie. Elle marche sous les arcades de la rue d'Arzew, regarde les vitrines sans les voir. Elle pense à Marius. Tout de suite, elle a pensé à lui, et maintenant, elle ne sait comment lui annoncer qu'ils vont avoir un bébé. De la façon la plus simple probablement. Sera-t-il heureux ?

Le monde est si précaire, l'époque si périlleuse. Comment se réjouir ? Depuis la mort de Simone, elle ne ressent plus grand-chose sinon la certitude calme d'une catastrophe imminente. Elle a beau se dire que la catastrophe est déjà arrivée, elle continue de vivre en la redoutant. C'est comme si le temps avait été avalé par un trou noir. Elle appartient à ce cercle de l'enfer où le noyau s'est dissous sans amoindrir les effets de sa déflagration. Elle constate que, de cercle en cercle, on perd de vue ce qui tient à la chair du vivant, au désir, à la pulsion primale.

Pour Marius et pour Henri, elle se force. Pour ses parents, elle fait semblant. Eux aussi, il y a longtemps, ont perdu une fillette de six ans. Pour son frère Albert, elle fait semblant, lui dont la petite est morte en bas âge, il y a quoi, six ou sept ans, et dont elle devine seulement aujourd'hui à quel prix il a tenu la rampe. Idem avec son aînée, Blanchette, qui a enterré un enfant de trois ans et demi à peine, et bien qu'elles n'en aient jamais parlé ensemble. Mime a toujours supposé que sa sœur avait surmonté l'épreuve. Elle réalise aujourd'hui qu'il n'en est rien. Elle s'en veut d'avoir laissé les relations se distendre. Cette dispute avec Suzanne a tout gâché. Les fractures familiales lui pèsent soudain comme jamais. Marius est là bien sûr – la charge n'en est pas moins accablante.

Elle remâche tout ça en rejoignant Eckmühl. L'été s'est achevé il y a peu et ce début d'automne ressemble à une seconde fournaise. Malgré tout, l'air est plus respirable. Quand elle arrive avenue du Docteur-Cauquil, Marius est en haut de l'escalier qui la regarde. Elle lui fait un petit signe auquel il répond en souriant. Il a un gant de jardinage et un vieux tablier. Il descend les marches vers elle. Ensemble, ils gagnent le jardin que le soleil rasant illumine. Ils s'assoient sur le banc d'azulejos. Mime lève les yeux vers le ciel. Les nuages joufflus lui font penser à de gros bébés monstrueux.

— J'attends un enfant, Marius.

Il embrasse le bout de ses doigts, semble ne pas vouloir les lui rendre.

Soudain, dans ce jardin aux couleurs violentes, elle se dit qu'elle pourrait peut-être réapprendre à vivre. Marius se lève, coupe avec ses dents une rose dont les pétales sont tellement veloutés que malgré leur délicatesse, ils explosent de vitalité. Il s'agenouille devant sa femme et la lui offre. Elle rit et son rire se transforme en larmes. Il se rassoit, l'étreint en frottant son dos vigoureusement parce qu'il ne voit rien d'autre à faire, sinon l'assurer d'un contact répété. Henri surgit à cet instant. Il court vers sa mère.

— Tu pleures, maman ?

— Non, ne t'inquiète pas...

— Ta mère attend un enfant, dit Marius. Tu vas avoir un frère ou une sœur.

Henri ouvre la bouche sans savoir s'il doit applaudir ou commencer à s'inquiéter.

— Eh bien, tu es content ? demande son père.

— Je crois, oui, dit Henri.

— Mon joli garçon aux yeux vairons, murmure Mime.

— Tu dis ça comme si c'était une tare, s'amuse Marius.

Elle serre son grand garçon contre elle.

— Oh non, il est si joli...

— Non, je ne suis pas joli ! s'écrie Henri en se dégageant. Mais je suis bien content d'avoir un œil bleu, un œil vert !

Il repart au galop vers la maison.

— Comment l'appellerons-nous, ce petit, Marius? Je voudrais l'appeler comme toi.

— Tu n'en as pas assez de cette tradition? Porter le même prénom, quel fardeau!

— Je veux un petit Marius! Ou alors un petit Marcel puisque c'est ton autre prénom.

— Tu sais que je m'appelle aussi Germinal?

— Oui, mais là...

— Germinal, moi j'aime bien!

— Oh non, je t'en prie!

Ils n'envisagent pas de prénommer une petite fille. Inutile de se faire du mal. Inutile d'espérer non plus. Marius compte sur ses doigts.

— Heureusement que tu es banquier, plaisante Mime.

— Je ne suis pas comptable...

— Tu calcules sa naissance?

— Oui... Ce sera de nouveau l'été, ou sur le point de l'être.

— Tu crois que la guerre est vraiment écartée? demande Mime.

— Comment savoir? Je suis soulagé, mais en même temps, je n'y crois pas trop. On a cédé sur l'essentiel et ça, ce n'est pas rassurant... Faire un compromis avec Hitler, brader aussi facilement un pays d'Europe, je ne pense pas que ce soit un bon calcul. Eugène est très pessimiste, tu sais.

Ils discutent encore un peu. Iront-ils à Trouville le lendemain? Les Monin viendront-ils déjeuner dimanche? Quand préviendront-ils Blanche et Victor de la future naissance ? Et les autres ? Frère et sœurs, oncles et tantes ? Mime a envie de voir Blanchette. Il lui semble qu'elle a une dette envers son aînée, un reliquat d'amour à partager. L'obscurité descend peu à peu, noie les palmes et dilue les couleurs. La maison elle aussi s'efface. Ils entendent la rumeur d'une ville qui ferme boutique dans la tiédeur du crépuscule.

7

UN DÉTOUR PAR LE CIMETIÈRE

Marius et Mime sont allés choisir les plus belles plantes dont on puisse rêver pour Trouville.

— Vous aurez peut-être du mal à les faire pousser, mais si vous avez un peu de patience, a commenté le pépiniériste. Mari et femme l'ont regardé avec reconnaissance. Vilmorin a une quarantaine d'années à peine et un faciès de vieil Indien. Il est à la tête d'un établissement qui s'étend sur trois hectares à la sortie d'Oran. Depuis la route, on distingue son orangeraie qui borde le domaine. Car, en plus de ses fleurs, il cultive des arbres fruitiers, citronniers, oliviers, et des arbustes décoratifs qu'il a taillés comme des statues, réservant la visite de ce parc à ses meilleurs clients. Marius et Mime en font partie depuis qu'ils se sont installés à Eckmühl et que le jeune marié a pris en main le jardin. Il leur arrive de déambuler entre les allées, admirant les branches nouées ou décapitées, les feuillages arasés, l'harmonie contrariée de cette nature domptée par les sécateurs.

Vilmorin semble plus attaché à sculpter sa végétation qu'à vendre ce qui pousse. Non content d'inventer des formes inattendues, il s'ingénie à faire fructifier de nouvelles variétés de rosiers. Sa toute dernière création a des reflets d'or. Il l'a offerte à Marius qui a plongé son nez dans les pétales, s'étonnant de leur parfum de miel. L'horticulteur a souri :

— On a envie de la manger, n'est-ce pas? Mon rêve serait de les rendre comestibles...

Le couple le suit dans l'une des serres où poussent ses amoureuses : des roses, exclusivement, dont il dorlote épines et boutons. Au sujet de leur composition, Vilmorin est intarissable, capable d'évoquer pendant des heures l'hostilité des tiges au service d'une floraison si tendre. Démiurge à sa façon, il ne pense qu'à greffer, hybrider, métamorphoser.

Marius sait qu'une visite chez cet homme peut prendre une matinée, mais ce n'est pas du temps perdu. Il effleure les corolles, respire la terre où fleurissent azalées, renoncules, et pivoines. Il les voulait toutes à Oran, le long de ses plates-bandes festonnées; à présent, il les voudrait toutes à Trouville, dans des jarres ou à même le sol, rêvant d'illuminer de guirlandes odorantes son éboulis de schiste. Mime, elle, s'attache aux noms qui figurent sur chaque plant, désignations latines, étiquetages savants dont les étymologies la comblent. Chacun sa religion – celle de Mime, la seule qui lui reste, tient aux mots.

Marius commande de quoi embaumer toute la côte. Il fête l'enfant annoncé et le ventre de sa femme qui a choisi la vie. Elle a failli lui proposer de l'accompagner sur la tombe de Simone, et puis son instinct l'a prévenue.

Vas-y seule. Ne dis rien. Il ne croit pas une seconde qu'elle ait une course à faire, mais ne pose pas de questions. Il s'éloigne. Elle est à deux pas du cimetière européen dont les murs blancs et les portes de fer donnent l'impression de ceinturer une hacienda.

Au moment de franchir le seuil, elle a une réticence. Son mari comptait sur ses doigts les mois qui les séparaient de la naissance à venir, elle se met à compter ceux qui l'éloignent de la disparition de sa fille. Dix mois seulement, bientôt onze. Ce n'est pas qu'elle veuille attendre la date anniversaire, c'est plutôt qu'un manque nouveau l'envahit, une absence qui l'assaille autrement. Comme si elle sentait encore en elle les restes de sa fille. Des cellules, des molécules, des morceaux d'elle, oui. Des atomes de sa maternité.

Devant elle, le portail du cimetière s'ouvre brusquement. Elle se fige. Un bonhomme apparaît, poussant une brouette où repose un râteau sur un tas de bouquets fanés. C'est un Arabe entre deux âges, visage de cire, coiffé d'un bonnet de coton noir. Il vient vers elle comme s'il n'attendait que son arrivée pour ouvrir le domaine.

— Tu viens voir quelqu'un, madame?

— Oui, je... euh, oui, je viens me recueillir sur une tombe...

— Attends-moi je t'accompagne. C'est quelle allée?

Elle ne s'attendait pas à cette demande. Elle ne sait pas bien. Elle ne sait plus. Face à l'employé dont les mains agrippent toujours les poignets de sa brouette, elle fait un signe d'impuissance.

— Tu as la date du décès?

Mime n'arrive pas à ouvrir la bouche.

— C'est pas grave, vas-y, je te rejoins, dit-il.

Il va vider son chargement un peu plus loin, alimentant une colline végétale que le vent s'évertue à éparpiller.

Mime entre lentement et se dirige vers le fond où se trouvent les tombes qu'elle connaît, celles des Simon. Le caveau de la famille de Marius est ailleurs, elle ne se souvient plus où, mais elle n'est pas pressée. Elle avance dans la tiédeur de ce milieu d'après-midi où les grands palmiers sont immobiles. À chacun de ses pas, un crissement lui rappelle la cour d'école de son enfance. Elle marche. Elle marche, les yeux sur les stèles, déchiffrant les noms, regardant les dates, effrayée que tant de petits morts s'alignent, adolescents, nourrissons, jeunes enfants, encore un gosse ici décédé à l'âge de deux ans. Il n'y a que des bébés ! Elle n'aurait pas dû venir. Elle sait qu'elle n'aurait pas dû, et que maintenant, pour renoncer, ce sera une autre épreuve. Une alouette traverse le ciel en criant, elle sursaute, se retourne brusquement. Le jardinier est là, tout près d'elle.

— Ça va, madame ?

— Oui, pardon, je vais m'asseoir un peu, j'ai la tête qui tourne...

— Oh là, ça a pas l'air d'aller !

— Suis pas bien du tout, marmonne Mime qui a envie de vomir.

Le gardien la fait asseoir sur le rebord de sa brouette et lui tend sa gourde. Elle hésite, boit du bout des lèvres, une minuscule gorgée.

— Ici, c'est le carré des innocents, madame, je ne sais pas ce que tu cherches, mais tu devrais attendre un peu, tu n'es pas prête.

Elle le dévisage, fixe ses traits émaciés sous le petit bonnet.

— Tu crois ?

— Tu es très blanche…

— Je ne suis pas prête ? répète-t-elle, l'œil hagard.

— Bois encore un peu, dit-il en offrant de nouveau sa gourde.

Cette fois, elle boit franchement. Puis se lève, lui rend son flacon. Elle voudrait lui donner quelque chose à son tour, mais elle ne sait pas quoi.

— Comment tu t'appelles ?

— Kader Salam, madame.

— Moi, c'est Mime. C'est mon fils qui m'appelle comme ça.

— Et tu n'as pas apporté de fleurs ?

— Non, j'ai oublié. Il y en avait beaucoup pourtant, là d'où je viens… J'étais à la pépinière Vilmorin, tu sais ?

Il hoche la tête. Elle se demande bien pourquoi elle lui a dit ça.

Il regarde le ciel.

— Allez, je vais travailler ! lance-t-il. Il y a beaucoup de travail avec l'automne. On raconte qu'il n'y a pas d'arbres à Oran, tu parles !

Il s'en va en sifflotant. Elle se sent mieux soudain. Plus de nausée. Elle viendra plus tard se recueillir. La marche lui fera du bien. Elle va à son rythme, la route n'est pas bien longue, il lui suffit de bifurquer avenue d'Oujda après la porte de Tlemcen. Dans vingt minutes, elle sera chez elle. Elle pourra enfin dormir.

Ses chaussures lui font mal, elle se met à boiter. Malgré le vent qui se lève et emmêle ses cheveux, elle transpire. Elle longe le marché arabe. Il est cinq heures, les vendeurs remballent dans un boucan où retentissent des rires. Un fracas suivi de cris succède à une bourrasque. Elle accélère. Croise un type qui lance devant lui une chope en fer-blanc avant de la rejoindre pour la ramasser et la lancer plus loin. Encore un pauvre diable que la chaleur a rendu maboul. Mime voudrait s'allonger dans un coin de verdure et fermer les yeux. Au lieu de quoi, elle s'épuise à traverser ce raffut, face à la lumière qui la blesse. Elle n'est plus assez jeune pour ce climat de bêtes, cette vie féroce – comment ses parents ont-ils tenu le coup ? Elle rêve soudain des hivers français. Depuis quand n'a-t-elle pas enfilé son chapeau de feutre et ses gants de cuir ?

Troisième partie

L'AUTOMNE

(1943)

1

MERS EL-KÉBIR, CE CAUCHEMAR QUI NE S'EFFACE PAS

Il s'est encore réveillé en criant. Retenant ses sanglots mais crucifié par ce cauchemar où Momo tombe dans le mazout enflammé. Marius n'arrive pas à oublier ces minutes interminables où son escadre a été pilonnée par la Royal Navy il y a trois ans. La nuque calée sur son oreiller, il entend encore les obus qui tombent, la panique qui s'empare des bâtiments, les consignes précipitées, les marins tout de blanc vêtus qui courent dans la chaleur de cette journée d'été alors que s'abat la troisième salve, éventrant cette fois le pont arrière du *Bretagne*, tuant d'un coup plus de trois cents hommes. Il se souvient avec précision de son cœur suspendu, de son incrédulité tandis que le cuirassier n'en finit pas de brûler, avec ce nuage noir, épais, qui monte vers le ciel, empuantit l'atmosphère et masque la suite des opérations, au point que tout en sachant que ce qu'il perçoit est bien réel, il doute de ce spectacle de fin du monde. Des cris surgissent qui semblent se répondre dans la cacophonie générale, il voit des types qui s'affalent, d'autres qui se démènent pour manœuvrer les machines, et soudain, un autre feu se lève aussi vite que ces brasiers qui ravagent les forêts, dévorant le cœur du navire avant de se répandre tout autour de la coque, sur la nappe visqueuse du mazout. L'odeur de fioul prend le dessus, elle le rendra malade toute sa vie, et toute sa vie il reverra Momo en flammes, basculant par-dessus le bastingage, luttant inutilement dans ce jus d'encre, grillé vif, malgré l'eau, à cause de l'eau que le pétrole a transformée en lave. Marius est paralysé, à bord d'une embarcation de secours, son esprit interdit, ses gestes vains. Il a attrapé un cordage et le lance vers son camarade en un élan dérisoire. Et Momo dont les bras s'agitent de plus en plus lentement sombre sans rien saisir, ni bout, ni oxygène, ni rédemption dans son calvaire.

Les gars qui ont été bloqués dans les soutes du *Bretagne* savent qu'ils sont perdus, cela ne les empêche pas de cogner le long des parois tandis que le cuirassier explose, chavire et les emporte. Ils sont près d'un millier à y rester. Noyés, brûlés, déchiquetés dans le port de Mers el-Kébir.

Car la guerre a bel et bien fini par arriver.

Ils sont partis par bateau, non sans euphorie au début. Persuadés qu'ils allaient gagner, réjouis, confiants, avant de subir une piquette éclair et de déchanter.

Ils étaient sidérés d'avoir été aussi vite balayés, les voilà traumatisés par les Anglais qui les bombardent quelques jours après l'armistice. Marius, mobilisé en 39 dans la marine, démobilisé fin 40, remâche depuis trois ans l'attaque britannique de cet été-là. Il n'arrive pas à digérer que la Royal Navy ait sacrifié des marins français. Il a beau savoir que Churchill ne pouvait pas prendre le risque de laisser leur flotte tomber aux mains des Allemands, c'est au-dessus de ses forces. Il sait que le vieil amiral Somerville a tout fait pour épargner les Français, qu'il a fait traîner les négociations avec son homologue, l'amiral Gensoul, un homme d'honneur, ce qui dans la marine n'est pas un mot galvaudé ; il le sait puisqu'il était là avec les autres, depuis l'aube, à surveiller les allées et venues des corvettes, les ordres et les contre-ordres, les tentatives d'arrangement, l'interminable ballet pour éviter l'assaut final. Mais Darlan ayant ordonné à sa flotte de ne pas bouger en attendant que les escadres de Toulon et d'Alger se portent à leur secours, l'alliance espérée a été bouleversée. Londres a intercepté le message et Churchill n'a pas hésité. Marius sait bien que Somerville a été obligé de mettre à exécution ce que prévoyait son ultimatum. Dans la moiteur de cette fin d'après-midi, au terme de pourparlers devenus inutiles, les pointeurs britanniques ont finalement tiré. Il a fallu trois salves et moins de dix minutes pour couler le *Bretagne*. Le *Strasbourg* a pu s'en sortir et quitter la rade, mais le *Dunkerque* qui n'avait pas été trop endommagé a lui aussi été coulé deux jours plus tard.

Marius a éprouvé une telle détresse devant ce désastre que, désormais, tout ce qui touche à Mers el-Kébir lui tord les boyaux. Il pense aux matelots qui se sont vus mourir. Il pense à leurs familles, aux projets qu'ils avaient, à leurs blagues de la veille dans les tavernes de la Calère. Après l'hébétude et le courroux, il éprouve du dégoût. Quant à Darlan dont la marine avait l'habitude de se moquer, suggérant qu'il aurait davantage navigué dans les ministères que sur les eaux, il a fini par le détester. Sa mort, il y a moins d'un an, juste avant le réveillon de Noël, ne lui a pas tiré une larme. Finir sa vie assassiné en pleine rue par un gamin, en dit long sur celui qu'il était. Marius pense qu'on meurt comme on a vécu. Qu'il ne l'a pas volé en somme. Il plaint son assassin en revanche, un petit gars de vingt ans qu'on s'est dépêché de fusiller après un procès expédié à défaut de trouver les véritables coupables. Il ne le plaint pas parce qu'il était résistant ou royaliste, mais parce que c'était un enfant. Monin a raison, la guerre fabrique peut-être des héros mais son abjection ravale tout au même fossé immonde.

Il a soudain un doute affreux : tous ces généraux qui conduisent les armées et décident des batailles, tous ces types auréolés qui gouvernent les nations et organisent leur mise au pas, sont-ils tellement plus chevronnés que lui ? Plus sages ? Plus savants ? Mieux formés ? Leurs épaules sur lesquelles pèsent tant de responsabilités sont-elles plus robustes que les siennes ? Ou sont-ils seulement dingues ? Comment font-ils pour survivre à la disparition de tous ceux qu'ils envoient au casse-pipe ? Lui qui jusqu'ici a toujours trouvé miraculeux que les hommes ne se soient pas foutus en l'air jusqu'au dernier en une dizaine de siècles, pense à présent qu'ils finiront par y arriver. Plus vite qu'on ne pense. Massacre imminent. Planète vide.

Il a toujours respecté l'ordre, la hiérarchie, le pouvoir, mais soudain, il n'y croit plus. Il ne croit qu'en la fraternité. Il ne croit qu'en la douleur qui la forge. Il ne croit qu'à l'expérience commune, à ce qu'on partage. Et tant pis s'il ne reste que la vengeance à partager, tant pis si c'est au prix de son âme. Il sent la haine monter en lui. Refluer plutôt, car elle enfle par cycles, s'apaise certains soirs, l'ensevelit au petit jour. Il souffre toujours, comme un chien, de la mort de Simone, mais des centaines de marins pèsent sur ses nuits, et ce chagrin-là, aussi peu réversible que l'autre, l'assigne à une rancœur qui l'épouvante. Sa fille... Il ne rêve plus d'elle et cela le désespère en secret. Momo, lui, hante ses cauchemars et cela lui fait horreur.

— Marius?

Mime le secoue. Il s'est assoupi puis réveillé une fois encore en gémissant. Elle se recroqueville contre lui.

— Essaie de dormir encore un peu avant que les petits se réveillent...

Il est cinq heures. Il ferme les paupières mais son cerveau se remet en boucle. Mers el-Kébir, les Anglais, les Allemands, et à présent, les Américains. Il en a fallu des fanfares exaltant la lutte contre les pays de l'Axe pour que les Oranais finissent par les accepter. Les Yankees sont censés délivrer la France, mais dans la pagaille où l'armistice a plongé la ville, on a commencé par les regarder de travers. Marius se souvient des jeunes filles au balcon du boulevard Joffre qui envoyaient des baisers au défilé des tanks alliés. Et d'Henri qui tel Ben-Hur, n'avait rien trouvé de mieux que de faire tomber un pot de fleurs à leur passage, depuis la fenêtre où il se penchait pour regarder, provoquant illico l'irruption à l'étage de la police militaire... Les soldats avaient pu constater que seule la curiosité d'un adolescent ravi était en cause. Pour autant, on ne peut pas dire que les signes de bienvenue aient été débordants. Même les Juifs se sont réjouis discrètement.

L'hommage des GI's aux troupes françaises quittant la gare d'Oran pour la Tunisie, en décembre 42, a tout changé. Comme si soudain, l'honneur rendu aux soldats dénouait les tensions. Depuis, on multiplie les cérémonies militaires. Les Américains ont mis du temps à saisir l'esprit de ce peuple d'Afrique. Ils ont fini par comprendre qu'en célébrant son armée, ils obtiendraient davantage qu'en le ployant par la force ou en jouant la division. Mentalité de petits épiciers, peut-être, mais chatouilleux avec leurs blasons. À condition de ne pas mettre en péril le commerce, bien sûr, songe Marius qui est bien placé pour le savoir. Il en a vu passer, des épargnants. Il en a reçu, des fermiers de toute catégorie, les plus fortunés comme les plus modestes, tout contents d'empocher l'argent de leurs récoltes expédiées à l'occupant allemand au début de la guerre, et se lamentant ensuite parce que leurs oranges, à cause de l'arrivée des Alliés, pourrissaient sur la branche faute d'acheteurs.

Au moins, maintenant, tout le monde a faim. Pas de lait. Plus de blé, plus de maïs. Plus d'essence non plus. À Eckmühl, les voitures s'encrassent, s'entassent. On les laisse rouiller dans un virage. Il n'y a que le marché noir qui se porte bien. Et les défilés.

2

HENRI ET LES GI'S

Cette guerre n'en finit pas. Pour aller au lycée, c'est la croix et la bannière. Heureusement qu'il reste le stop. Henri tend son pouce dès qu'il a tourné le coin de la rue. Le trajet n'est pas si long mais son cartable pèse et puis, ce sont les Américains qui s'arrêtent. Ils grouillent sur le port et dans la ville, joyeux, solides. Grimper au côté de ces jeunes soldats est exaltant. Ils le hissent sur leur camion, lui tapent dans le dos. Ils portent des salopettes kaki dont les poches sont pleines de friandises qu'ils lui proposent en mâchant du chewing-gum. Il leur indique le lycée en détachant bien les syllabes : Ly-cée La-Mo-ri-cière. Ils répètent avec un accent épouvantable, *Lyssey Lamooourissieur*..., et cela suffit à le faire rire.

Il essaie de capter ce qu'ils disent mais leur langue reste indétectable, une bouillie dans laquelle il ne distingue même pas un verbe. Ça ne ressemble pas du tout à ses cours d'anglais. Tant pis. Ces types blonds aux cous de taureau le fascinent. L'un d'eux a remarqué que le gosse avait un œil bleu, un œil vert et tous les gars l'ont examiné en le félicitant. Dans l'air chaud qui sent le gasoil, on lui prédit un avenir de séducteur. Pour se faire comprendre, il griffonne des croquis sur l'un de ses cahiers. Son trait s'est affiné, son geste affirmé. À toute allure, il effleure le papier, trace. Le résultat est là : ses esquisses font l'unanimité. La revue *Ciel bleu* lui a commandé une série de planches. On offre de le payer, c'est son premier argent de poche, à seize ans et demi. Il n'est pas peu fier de ce pécule.

Un soir, tout auréolé de son nouveau statut de dessinateur officiel, il s'est risqué à vouloir parler en anglais à un GI's qui se reposait, tête baissée, dos calé contre son camion. Un type râblé pour un Yankee, casquette enfoncée jusqu'aux sourcils. Henri a rassemblé ses quatre mots de vocabulaire et s'est lancé, mais l'autre n'a pas répondu. Il a insisté sans plus de réaction. Finalement, le soldat a ôté ses lunettes et sa casquette : c'était un Arabe qui portait un blouson américain. Henri était tellement surpris qu'il s'est excusé en détalant comme s'il avait commis un crime.

Il vit ainsi, entre la crainte de mal faire et une confiance intacte en l'avenir. Le sursaut d'orgueil que lui a apporté sa collaboration avec *Ciel bleu* compense la difficulté générale, ses parents enfermés dans le silence, les privations de tous ordres, les sombres prophéties de Monin qui parle de Pétain comme d'un sauveur, de Giraud comme d'un idiot et de de Gaulle comme d'un paon. Il écoute sans s'y retrouver. Le dessin lui offre une joie pure – non pas tant le fait d'avoir un début de reconnaissance que le plaisir de pouvoir reproduire une forme sans modèle.

Il a toujours des crayons dans son cartable. Il n'impressionne pas seulement les soldats alliés. Au lycée, ses copains lui réclament des portraits. Ils s'installent autour de lui sous le préau, pendant qu'il crayonne. Quelques minutes suffisent. Parfois, il reproduit le visage d'un prof antipathique ou de l'ennemi. Son trait demeure un peu trop sage pour aller jusqu'à la caricature, mais la précision du croquis force l'admiration. Il s'est bâti une réputation d'élève médiocre et doué à la fois. Lumineux, insolent. Ayant l'esprit d'équipe et une morphologie avantageuse – encore qu'il soit loin d'avoir atteint sa taille adulte –, si bien qu'il fait des étincelles au volley-ball. Dans six ou sept ans, il sera recruté pour jouer dans une équipe nationale.

En attendant, il crève la dalle. Se gave de patate douce et de bananes, mais ses jeunes muscles en demandent davantage. Mime et Marius font de leur mieux sans parvenir à varier le menu que les tickets de rationnement n'enrichissent pas beaucoup. À peine arrivées sur le port, les trois quarts des marchandises garanties par les Américains sont détournées au profit du marché noir, autant dire qu'elles n'améliorent pas le quotidien. Le potager des grands-parents a produit ce qu'il a pu ; à présent, il donne des signes de faiblesse. Quant aux quatre poules qui survivent dans la cour de Victor, elles pondent quand ça leur chante. Dans deux mois, trois avec de la chance, l'hiver se glissera à l'intérieur des foyers et ce sera un Noël de plus sans festin ni cadeau.

C'est le pain blanc, faute de blé, qui manque le plus à Henri. Parfois, son grand-père lui offre du pain bis qui a un goût de sciure de bois. Il a des envies de gueuleton et des rêves de liberté. Mais il ne se plaint pas, il sait que ses petits frères passent avant lui. C'est sa principale mission : veiller sur eux, les protéger de la disette et de la peur. Par chance, Oran a été relativement épargné par les bombardements, et si le dernier les a tétanisés au début de la nuit, alors que la maison était sur le point de s'endormir, la menace des raids s'est éloignée.

Reste que les représailles de tous bords – un coup contre la Légion étrangère, suspectée d'abriter trop de types d'origine allemande, un coup contre la résistance, suspectée d'aimer trop les Juifs –, les luttes pour le pouvoir, les coulisses de la guerre en somme, dans ce qu'elles ont de plus trivial, pèsent sur la ville.

Les cinémas et les théâtres font le plein sans triompher du marasme, sinon par l'ironie, et les fanfares du 2e régiment de Zouaves ont beau jouer les hymnes nationaux des Alliés, il semble que tout le monde soit devenu sarcastique et trouillard.

Henri lit peu les journaux mais il discute avec ses copains et ses partenaires de volley. Il observe que ce conflit, après avoir fait naître une sorte de léthargie sourde, a éprouvé le moral des gens. Le débarquement de novembre 42, à Sidi Ferruch, a donné de l'espoir tout en semant la zizanie. Augmentant les dissensions parmi une population prompte à se déchirer. Les pénuries entretiennent la discorde. Gazette à la main, Marius suit l'actualité : de Gaulle est sur le point de prendre le commandement des forces d'Afrique, il a posé le pied en Algérie après avoir été tenu à l'écart par les Alliés. Giraud, le général préféré des Américains et des Anglais, que Roosevelt a reçu à la

Maison-Blanche au mois de juillet, a été lâché. Pas assez stratégique, trop guerrier. « Deux généraux », commente Marius sans en dire plus.

Henri préfère la sensualité de la nature aux manœuvres des hommes. Il court après son insouciance. Il a été affecté par la mort de son oncle Georges, le fils unique de Jules et Jeanne. Terrassé il y a quelques mois par une crise cardiaque au moment où il rentrait chez lui, s'écroulant au pied de son immeuble. Il conduisait des trains et actionnait son sifflet à vapeur chaque fois que sa locomotive passait devant la maison de ses parents. Henri aimait son odeur de charbon et ses yeux plissés. Il le voyait comme un héros, un magicien, un type extraordinaire aux pouvoirs illimités. Le chagrin de ses grands-parents l'a atteint et celui de Jules et Jeanne aussi, bien sûr. Ils sont tellement désemparés encore, qu'il ne sait pas quoi leur dire quand il va chez eux avec son grand-père. Il écoute Victor incriminer cette saleté de chaudière, ces entrailles brûlantes auxquelles Georges faisait face dans sa loco. Maudit travail qui expose le ventre à l'enfer tandis que le reste du corps prend l'air et le froid. Boulot de bête, oui, qui vous épuise en quelques années.

Avec ses frères, Henri découvre un bonheur auquel il ne s'attendait pas. Ces gamins sont drôles, facétieux, gentils. Toujours à faire les clowns, même Robert qui à dix-sept mois a déjà le sens de la dérision. Marcel, lui, a quatre ans et se surpasse en fantaisie. On dirait qu'ils se montrent d'autant plus espiègles que leurs premiers pas dans l'existence s'avèrent difficiles. À peine nés, ils ont appris à survivre. Mime les a nourris, changés, bercés, sans s'attarder. Elle les regarde à peine. Peu de montées de lait en plus, sinon le minimum. Tétées interminables et douloureuses. Cela l'a aidée à ne pas s'attacher démesurément, au début du moins, alors qu'Henri s'entichait de ses cadets à la minute même de leur venue au monde.

Quand Marcel est né, en juillet 39, il l'a pris dans ses bras et s'est émerveillé de ce minuscule visage aux yeux indéfinissables, suivant jour après jour son éclosion, plus attentif et plus vigilant que son père. Maintenant qu'il galope, Robert capte l'attention de son aîné sans ôter une particule de tendresse à l'autre. Henri a redoublé d'amour, tout simplement. Il aime ses frères de la même façon entière et sans distinction. Un lien absolu a pris forme qui jamais ne sera rompu.

De bon matin, c'est lui qui se lève pour rassurer Marcel que la moindre vibration inquiète. Henri fait vite pour que ses gémissements ne réveillent pas Robert et toute la maisonnée. Au premier miaulement, il se précipite dans la chambre, enlève Marcel en catimini et l'emmène dans son lit pour lui raconter des histoires en chuchotant. Le dimanche, Henri prolonge ces moments jusqu'à ce que Marcel veuille se dégourdir les jambes et s'échappe pour aller réveiller Robert. Mime intervient.

— Fiche-lui la paix ! Laisse-le dormir ! Un nourrisson, ça dort !

Mais c'est plus fort que lui. Il faut qu'après avoir écouté les aventures d'Ulysse sur lesquelles Henri revient infatigablement, il aille voir Robert. Il monte sur une chaise, pose sa main sur le petit ventre chaud, fredonne un air ou fait retentir la boîte à musique près du berceau. Le bébé finit par ouvrir les paupières. Il gazouille, remue bras et jambes pour atteindre cette face avenante au-dessus de la sienne. Henri arrive et à son tour, se penche au-dessus de Robert. Ils sont comme deux fées, des fées comiques rivalisant de grimaces pour égayer le dernier-né avant de s'en lasser. Car il arrive un moment où ils s'en détournent. Le benjamin, alors, s'étonne de cette absence soudaine et le fait savoir.

À la vérité, Robert pleure assez peu, dort beaucoup, rit tout seul, et le reste du temps garde les yeux rivés sur les taches de soleil qui dansent au plafond. Enfant docile, bien disposé, que Mime entoure d'une affection blessée. Qu'elle habille en fille le plus longtemps possible et dont les cheveux ne sont jamais coupés. Il se laisse peigner, vêtir, en fixant sa mère avec une intensité presque inquiétante. Parfois, elle glisse une barrette dans sa chevelure à peine poussée. Elle cherche dans son odeur celle de Simone. Marcel, lui, est passé entre les gouttes de ce drôle d'amour dévié de son axe. Il n'en a pas moins récolté les manques, ne sachant trop pourquoi, certains jours, il fallait se taire, pourquoi son père s'occupait moins de lui qu'Henri, pourquoi sa mère avait cet air de noyée.

3

UNE RENTRÉE À SIDI CHAMI

Soudain, tout a changé. Mime a été nommée à l'école de garçons de Sidi Chami, atteignant enfin son but : enseigner. L'Éducation nationale recrute à tour de bras, et ce qui avant-guerre était rédhibitoire n'est plus un handicap. On l'avait prévenue que son mètre cinquante pourrait compromettre son engagement, mais Mime ne paraît plus aussi petite désormais pour faire la classe. Les hommes manquent, toutes les candidatures sont bienvenues… et urgentes. Son remplacement devait commencer en décembre, or on lui a demandé d'être en poste pour la rentrée d'octobre. La perspective de prendre la direction de l'établissement est même à l'ordre du jour. De fait, elle est seule à la tête de deux sections – classe enfantine et préparatoire.

La famille se résout à une séparation temporaire et s'organise. Dans la semaine, les deux petits vivront avec leur mère à Sidi Chami, logés dans l'appartement de fonction mitoyen de l'école, où Marcel a été scolarisé. Le week-end, tout le monde se retrouvera à Oran. Mime fera la route, une quinzaine de kilomètres, pour rejoindre Henri et

Marius – aujourd'hui il ne faudrait pas plus d'une demi-heure pour accomplir cette distance qui, en cet octobre 1943, se parcourt à cheval en deux heures.

Sidi Chami est un village coquet à l'est d'Oran, une commune de banlieue dont le monument aux morts s'élève sur une place semée d'eucalyptus. Des soldats américains s'attardent parfois devant la stèle de marbre où sont inscrits en lettres d'or les noms des enfants du pays tombés au champ d'honneur de la guerre précédente. Tout autour, les hautes façades des bâtiment administratrifs sont aveuglantes sous le soleil de midi.

Aux yeux de Mime, Sidi Chami est un bled, dont la modestie la rassure. Elle ne doute pas de ses capacités, mais elle est assez lucide pour savoir que son nouveau métier repose sur la pédagogie et le contact autant que sur le savoir. Il va bien falloir qu'elle sorte de sa coquille. La veille du grand jour, Marius l'a accompagnée, chargeant la carriole de tout ce dont elle aurait besoin. Vêtements, médicaments, livres, fournitures scolaires, parmi lesquelles un jeu de l'oie auquel Marcel s'agrippe, scandalisé à l'idée qu'on puisse le lui confisquer. Henri est également du voyage, avec Robert, bien sûr.

À l'école, une certaine Zahia les a accueillis. Ils s'attendaient à un fonctionnaire débonnaire, ils se sont retrouvés devant une petite fille qui les toisait. Elle n'était l'émissaire de personne. Elle savait que la nouvelle institutrice avait deux enfants en bas âge dont un de moins de deux ans. Elle s'est proposée pour garder le bébé durant les classes.

Mime a immédiatement aimé cette gamine aux yeux intelligents. Elle s'est dit qu'elle lui donnerait des cours puisque ses parents l'avaient privée de sa scolarité. Zahia ne connaît pas exactement son âge – treize ans « à peu près », dit-elle. Elle est menue, avec des gestes gracieux et une odeur de terre. Elle sait lire, écrire (pas très bien), et rêve de quitter Sidi Chami. Tu as bien raison, pense Mime qui se félicite d'avoir démissionné des hypothèques. Elle songe à son propre cheminement tandis que Zahia lui fait visiter les lieux. Elle espère que bientôt l'académie la nommera à Oran. Elle doit tenir un an, peut-être deux, ce n'est pas le bout du monde. Avec un peu de chance, la guerre sera finie au moment où elle obtiendra son nouveau poste.

Quand Henri et Marius se sont préparés à repartir ce dimanche-là, Mime a ressenti une douleur aiguë au ventre. Il faisait encore chaud mais le ciel était devenu trouble, agité, comme s'il se laissait effilocher par la nuit. Puis le crépuscule s'est glissé sous la nappe vermeille de cette dernière clarté.

— Regardez comme c'est beau ! s'est exclamé Henri en montrant du doigt les nuages ourlés d'ambre. Il s'est réfugié dans les bras de sa mère en murmurant : Tu vas tellement me manquer... Elle lui a encadré le visage avec ses mains : Cela va vite passer, mon chéri, reste droit et travaille. Elle s'est aperçue que son fils l'avait dépassée d'une bonne tête.

Le soir même, elle s'est couchée, rompue, écoutant les grondements lointains de l'orage et le contrevent qui battait contre le mur. Impossible de trouver le sommeil.

Puis Marcel s'est mis à pleurer, Robert l'a imité, avant que l'un et l'autre, déboussolés, exténués, finissent par se rendormir.

Elle regrette d'avoir poussé son mari à regagner Oran alors qu'il voulait passer la nuit ici. Elle se demande pourquoi elle tient toujours à prouver son indépendance, et à ce moment-là, au moment où elle entend dans le noir le ronflement doux de ses enfants, elle éprouve une brusque panique. Ses appréhensions se réveillent l'une après l'autre : et si un rôdeur s'introduisait chez elle ? Et si la tempête inondait l'école ? Et si Robert avait de la fièvre ? Et si un bombardement survenait ?

Elle ferme les yeux, change de position, essaie de respirer. Guette le moindre bruit. Vers deux heures du matin, elle sombre enfin. Au matin, sa douleur dans le ventre est revenue. Elle se lève, s'aventure dehors, essaie de bloquer le volet que le vent continue de faire battre. L'air est vif, le ciel lavé. Mime tremble, elle n'arrive pas à chasser le cauchemar qui l'a réveillée. Elle s'asperge d'eau, grâce à la cruche car rien ne coule du robinet. Puis elle vérifie que ses fils dorment dans la petite chambre où elle les a couchés dans le même lit. À peine a-t-elle refermé la porte pour leur laisser encore un peu de repos que Zahia arrive.

— Je vous ai apporté de l'eau, dit-elle.

À côté d'elle, un énorme récipient de terre contient au moins six litres. La jeune fille l'empoigne d'un geste sûr pour le poser dans le grand évier de la cuisine.

— D'où viens-tu avec ce chargement ? demande Mime.

— Je viens du puits, il est tout près, j'ai oublié de vous le montrer hier...

— Il devait bien y avoir de l'eau ici, s'il y a des robinets.

Zahia hausse les épaules.

— Oh oui, sûrement, mais je ne sais pas quand. Le maître qui était là avant vous utilisait le puits.

Mime a remarqué qu'elle la vouvoyait mais ne se voit pas faire de même. Néanmoins, elle s'évertue à employer le moins de verbes à conjuguer à la deuxième personne du singulier. Si bien qu'elle ne s'adresse presque jamais directement à Zahia.

Robert s'est réveillé, il gigote en poussant de petits cris qui rythment ses efforts. Marcel émerge lui aussi, il rejoint sa mère les yeux pleins de larmes mais silencieux. On dirait qu'il éprouve un désespoir secret impossible à consoler.

Zahia regarde le petit garçon à qui elle dit bonjour avec bonne humeur, irrésistiblement attirée par Robert qui a suivi son frère en vacillant. Mime prend Marcel dans ses bras et le fait atterrir dans l'évier. Elle lui ôte son pyjama, verse le reste de la cruche sur ses épaules, le frictionne brièvement et le sèche. Elle le reprend, le pose par terre, allez hop, une chemise blanche sortie de la valise et suspendue au cintre depuis vingt-quatre heures. Tablier neuf pardessus. Il est habillé.

La lumière du matin rend le domicile un peu plus attrayant que la veille, sans pour autant l'agrandir. Il est mal commode, distribué en étoile. Deux chambres minuscules et une sorte de vestibule central faisant office de pièce à vivre. Meublée a minima. Un grand plateau berbère en guise de table. Dans l'une des chambres, une armoire et un lit, dans l'autre, un bureau 1900 où Mime a changé Robert. Pas de salle de bains. Les toilettes sont dehors. Ces conditions spartiates ne l'effraient pas. Elle est là pour travailler, et cette première journée a une importance capitale.

Tandis qu'elle finit de lacer les chaussures de Marcel, Zahia s'active. Elle a fait chauffer l'eau avant d'y mélanger la poudre de lait, prend l'enfant dans ses bras et lui plante le biberon dans la bouche non sans avoir vérifié sa température. Mime est impressionnée par la facilité avec laquelle la jeune fille exécute toutes ces tâches.

— Tu as l'air d'avoir l'habitude de t'occuper des enfants...

— Oui, j'ai six petits frères et deux sœurs, répond Zahia.

Il est sept heures et demie. Marcel a avalé une banane et du thé car il ne supporte pas le lait. Zahia prévient qu'un marchand passe à l'école vers huit heures avec des dattes.

— Eh bien allons-y! lance Mime. Elle ne donne aucune recommandation, caresse le crâne de Robert qui tète tranquillement. Au moment de partir, elle s'aperçoit que Marcel a disparu. Elle l'appelle mais il ne répond pas. Elle connaît son fils.

— Il veut rester avec son frère, dit-elle en le ramenant de la chambre où il s'était glissé sous le lit.

Elle le tient par la main fermement. Le rassure plus qu'elle ne le sermonne.

— Ça ne sert à rien que tu t'échappes, tu sais... Et puis, tu vas voir, c'est bien l'école!

Il la regarde sans y croire.

Ils font leur entrée une minute plus tard, le temps de sortir d'un côté pour apparaître de l'autre, sous un porche de pierre. Mime et Marcel font face à une quinzaine de gamins en haillons. Seuls trois ou quatre ont des tabliers. Deux d'entre eux sont pieds nus. Ils se sont mis en rang et la regardent fixement. Elle les autorise à s'asseoir, envoie son fils au premier rang. Il s'installe, tête basse, et elle ne voit que son col impeccable qui dépasse de la blouse.

Elle a apporté la liste que l'académie lui a envoyée, commence par faire le compte de ses élèves avant de les répartir entre les deux sections. La matinée suffit à peine à relever les noms, faire coïncider les orthographes, prendre connaissance du niveau de chacun. Distribuer les quelques tabliers accrochés aux porte-manteaux, tels des vestiges d'une instruction révolue. Personne n'a de fournitures, pas même les plus grands, huit garçons qui doivent avoir six ou sept ans. Côté maternelle, neuf gosses, cinq ans à tout casser, tous musulmans, attendent que la maîtresse leur donne des consignes.

Marcel joue avec des bâtonnets de bois que Mime lui demande de distribuer aux autres enfants. La classe est spacieuse, en bon état, hormis les bureaux vétustes et quelques sièges cassés contre le mur. Il n'y a pas grand-chose, sinon des ardoises et un énorme compas qui fascine les plus curieux, tout en bois avec une craie et une ficelle qui se règle à l'aide d'une vis. Mime fournit le reste : livres, crayons, cubes, et le fameux jeu de l'oie que Marcel est allé lui-même déposer dans une armoire avec la promesse de s'en servir bientôt.

Au tableau, un court poème est rédigé d'une écriture parfaite, pleins et déliés réguliers entre deux lignes apparentes. À côté de la porte, une carte représente la France et l'Afrique du Nord. Mime se plante devant et montre à tous Sidi Chami. Les élèves fixent la tête d'épingle qu'elle pointe du doigt, au sud-est d'Oran. Marcel, à présent, sourit tout le temps. Il se retourne sans cesse vers ses camarades, leur présentant sa face réjouie. Sa mère finit par lui ordonner de regarder devant lui et de ne plus bouger.

Le soir, elle écrit à Irène Peretti pour lui faire part de sa première journée. En six ans, les deux femmes se sont rapprochées. Leur amitié a gagné en complicité. Bien que légèrement plus jeune, Irène joue le rôle d'une grande sœur. Mime pourtant n'en manque pas, mais Irène a l'avantage de ne pas être de la famille.

Elle lui raconte qu'il lui a fallu improviser, occuper les deux classes, instruire les plus âgés tout en veillant sur les plus jeunes. Elle lui parle du vertige qu'elle a d'abord éprouvé, puis de la façon dont elle s'est peu à peu sentie dans son élément. Elle lui parle de Zahia et de son incroyable énergie. Elle lui parle de la pauvreté de ses élèves, de la misère de la République. Elle n'évoque ni la peur qui l'a assiégée au petit jour, ni les angoisses de la veille, ni cette douleur dans le ventre qui s'évanouit quand elle bouge et réapparaît dès qu'elle s'allonge.

Au moment de cacheter l'enveloppe, elle ajoute un post-scriptum :

Cette nuit, j'ai fait un rêve affreux que je vous livre tel que je m'en souviens : je découvrais l'un de ces appartements somptueux dont je vous ai déjà parlé, avec toutes ces pièces superbes qui se succèdent comme autant de labyrinthes merveilleux. Mes quatre enfants me rejoignaient dans l'une des chambres, et les voyant tous ensemble, je leur tendais les bras, pleine d'amour. Tandis qu'ils se reposaient contre ma poitrine, je les attirais vers la fenêtre et les poussais dans le vide. Un par un, en commençant par Robert. Marcel suivait en souriant, puis Simone basculait sans un mot, si légère que je la voyais passer par-dessus bord comme une plume, à deux doigts de s'envoler. Henri arrivait en dernier, il se retournait tristement vers moi en enjambant de lui-même le rebord...

Je dois néanmoins préciser deux choses. Primo, j'éprouvais tout d'abord un véritable bonheur à être dans cet appartement luxueux. Deuxio, j'expédiais mes enfants dans le vide mais je crois qu'une partie de mon cerveau savait que, de l'autre côté, ils ne se fracassaient pas car il y avait la mer. Je crois que je savais que la Méditerranée allait les recueillir, et même, je me disais : ils apprendront à nager... Malgré tout, c'est la tristesse d'Henri qui m'a réveillée en sursaut. Je suis sûre que cet été désastreux où la baignade a été interdite à Trouville, à cause du dépôt d'ordures au large des Andalouses, n'est pas tout à fait étranger à ce cauchemar qui m'a laissée pantelante... Qu'en dites-vous, ma chère Irène ?

Je vous embrasse tendrement,

MIME.

4

RETOUR À ORAN

Le samedi suivant, Mime retrouve Oran sous une pluie battante. Mourad, un paysan de Sidi Chami, se charge de la ramener ; il reviendra la chercher lundi matin. Il l'appelle « madame la directrice » avec des airs déférents. Elle n'a pas osé lui dire qu'elle n'avait pas vraiment ce titre, même si de fait elle dirige les opérations. Sa fatigue est si grande qu'elle dort une bonne partie de l'après-midi. À cinq heures, flanquée de la liste des choses qui manquent, rallongée au fil de la semaine, elle se démène pour se procurer l'essentiel, tabliers, cahiers, crayons, encre, porte-plumes. Elle récupère de vieux vêtements d'Henri, des pantalons, des chemises, des tricots de peau, des culottes. Pour bien faire, il faudrait des chaussures mais son fils les a toutes bousillées. Marius la regarde faire, l'entend rouspéter.

— Tu ne vas pas changer ce pays d'un coup de baguette magique..., lui dit-il

Elle s'énerve. Lui reproche de s'intéresser davantage à la politique qu'à son école. Il s'irrite à son tour.

— Excuse-moi, mais le sort du monde se joue dans les

semaines qui viennent, alors, oui, cela me paraît plus fondamental que le destin d'une poignée de petits Arabes.

Elle réplique sèchement :

— Eh bien, moi je crois qu'une poignée de petits Arabes compte autant pour la marche du monde que tes grandes décisions internationales !

À la vérité, ces retrouvailles de fin de semaine ne sont pas aussi idylliques qu'elle l'espérait. Son mari a bien vu les sacrifices qu'elle consentait, il devine la vitalité qu'il lui faut pour mener à bien son enseignement face à des gamins qui ne possèdent rien et ne savent pas grand-chose, mais il est tendu, anxieux, miné par cette guerre. À deux doigts d'être mis sur la touche par son nouveau supérieur qui supporte mal son caractère tranché, son incapacité à des compromis que Marius juge dégradants. Et puis, il pensait pouvoir faire face aux corvées domestiques, or il n'a pas eu le temps de s'occuper des lessives, du ménage, des devoirs d'Henri, et Mime l'accable de remarques sur le laisser-aller du foyer. Il a refusé de demander de l'aide à Yvonne qui elle-même doit veiller à sa maison et dont les passages au premier étage se sont raréfiés avec l'absence de sa sœur. Il décide d'engager une femme de ménage, ce qui, curieusement, raidit un peu plus Mime. Ils finissent par se disputer. Elle boude. Ne prononce plus un mot. Toute la journée du dimanche, il essaie de renouer le dialogue. En vain. Chacune de ses phrases conduit à un nouvel accrochage et l'enfonce dans un plus grand mutisme.

Henri observe ses parents qui s'évitent du regard au déjeuner. Les Monin ne sont pas venus. Le repas, si on peut parler de repas devant une telle pitance, est sinistre. Marcel se fait gronder par son père pour des bricoles tandis que Robert ne cesse de geindre. Pour dissiper la lourdeur du climat, Henri évoque le prêche auquel il a assisté, vieille habitude, mais le terrain est glissant. Même Dieu est un sujet maudit en ce jour du Seigneur... Au dessert pourtant – une tarte aux fruits dont la pâte pue le saindoux –, Mime a l'air apaisée. Son mari l'a prudemment questionnée sur son nouveau métier et elle a fini par concéder quelques réponses. Marcel demande à se lever de table, Henri suit. Marius entreprend la conversation.

— Peretti m'a raconté une histoire édifiante au sujet des GI's...

— Comment vont-ils, les Peretti, au fait ? demande Mime. J'ai écrit à Irène mais je n'ai pas de nouvelles...

— Elle, je ne sais pas trop, mais lui, il va bien. Tu le connais... Il a des amis partout, notamment quelques gradés de New York qui le fournissent en victuailles. Je dois dire que grâce à lui, j'ai pu nourrir Henri avec les reliquats de mess américains.

Mime hoche la tête.

— Figure-toi que la première division, que tout le monde redoute parce qu'elle est composée de têtes brûlées qui se prennent pour des héros...

Sa femme l'interrompt de nouveau :

— Et ce n'en sont pas ?

— Des héros ? Pas vraiment, non. Quand on joue à effrayer de pauvres types en leur tirant dessus juste pour s'amuser, non, j'appelle pas ça être héroïques.

— Tu tiens ça de Peretti encore ?

— Oui, et j'ai toutes les raisons de le croire. Ça a fait trois lignes dans le journal, mais les Arabes qui se sont fait descendre, en juin, ont été abattus comme des lapins sous les yeux de soldats d'une autre brigade, tellement horrifiés qu'ils ont fini par lâcher le morceau. Les autorités ont préféré étouffer l'affaire, tu penses bien. Je peux terminer mon histoire ?

Mime fait signe qu'elle se tait.

— Donc, cette fameuse première division n'a pas reçu ses uniformes d'été au printemps. Si bien que les GI's ont dû partir au combat dans leurs tenues de laine. Celles de l'hiver, qu'ils avaient en Tunisie et dans lesquelles ils crevaient de chaleur. Crasseuses de surcroît, tu imagines. Quand leur chef, un certain Terry Allen, a réclamé les nouveaux uniformes en toile légère, tu sais ce qu'on lui a rétorqué ?

— Non.

— Que ses soldats n'en avaient pas besoin puisque de toute façon, ils allaient se faire tuer en Sicile...

— Charmant !

— Ça en dit long sur le climat au sein de l'armée alliée...

— En même temps, tu l'as dit toi-même, ces types de la première division, ils se croient tout permis, ils se conduisent comme si la ville leur appartenait. Si en plus, ils tuent des indigènes pour s'amuser !

— Ce n'est pas une raison !

— Dire qu'Henri les adore...

— Ce sont les soldats en toile kaki qu'il adore, rien à voir.

— Ah bon ? Pour moi, ils sont tous les mêmes...

— Eh bien, tu te trompes, ma chère, ils combattent le même ennemi, mais ils sont aussi différents que la nature humaine est diverse.

— À propos, notre fils parle toujours de s'engager ?

— Oui, et avec un peu de chance, la guerre se terminera avant.

Il se tait, reste pensif un instant. Ses doigts pianotent sur son verre.

— Ce qui me rend fou dans l'histoire de Peretti, c'est qu'au fond, la mort programmée de ces jeunes gars, aussi flibustiers soient-ils, laisse tout le monde indifférent. Ça n'attriste que les familles restées au pays... La guerre nous rend infects sous prétexte d'une cause plus grande.

— Et tous ceux qui se sacrifient ?

— Justement, ce sont ces gosses, héros ou voyous, qu'on oubliera au final. On ne pense qu'à sauver sa peau...

— Il y a trois ans, tu ne te moquais pas du sort de tes copains qui ont péri à Mers el-Kébir... Tu as sauvé ta peau, oui, mais tu y penses toujours.

Il secoue la tête.

— Non, ce n'est pas ça. Comment t'expliquer... Je vois des officiers qui se disputent le pouvoir, des ministres qui se haussent du col, des rivalités et des rancœurs pour un simple galon. Pendant ce temps, des soldats continuent de se faire trouer le corps... Ce ne sont pas des anges, d'accord, mais ils obéissent. En fait, je ne vois plus que des salauds dont je fais sans doute partie, qui se débrouillent en attendant des jours meilleurs. Ça me donne le bourdon.

— Tu as été mobilisé, tu t'es battu, tu as été démobilisé, je ne vois pas en quoi tu as failli !

— Tu ne comprends pas ce que je cherche à dire. Mes pensées sont tellement noires…

Elle se lève, ôte la nappe pour la secouer dehors. Le ciel s'est brusquement dégagé. Elle ferme les yeux un instant, écoute les oiseaux. Au loin retentit la sirène d'un navire qui appareille. Elle se sent à la lisière de deux mondes. Elle a appris la mort de son beau-frère, Albert, celui des hypothèques, foudroyé par une crise cardiaque comme Georges, et bien sûr, elle pense à Suzanne. Elle a voulu lui écrire mais elle s'est aperçue que sa rancune était plus forte que son chagrin. Cela augmente ses remords.

Les funérailles se sont déroulées dans son dos. C'est du moins l'impression qu'elle a eue, et du coup, elle hésite à rendre visite à ses parents. Elle n'a pas envie d'entendre parler d'Albert et de sa fin prématurée. De Suzanne et de sa peine. De leur jeunesse. Sans compter que Marius grimace chaque fois qu'elle disparaît en face. Bien sûr, la mort d'Albert est un cas de force majeure, mais elle sent bien qu'il en a marre de la famille Simon. Il n'en peut plus de leurs petits secrets. Elle aussi en a marre. De cette guerre et de tout le reste. Elle se plante devant la bibliothèque, prend un livre au hasard comme elle l'a si souvent fait et, à peine installée pour lire, ferme les paupières. Elle ne dort pas, elle imagine une autre vie.

5

« JE T'AIMERAI TOUJOURS »

Elle partirait du jour au lendemain, sans prévenir personne. Elle aurait préparé son baluchon la veille, prendrait la clé des champs à l'aube, quand la maison dort encore, que les petits sont statufiés par le sommeil, bouche entrouverte, respiration imperceptible. Elle irait leur dire au revoir, contemplant une dernière fois leurs minois lisses, leurs fronts bombés, leurs lèvres délicates. Éprouvant la fierté d'avoir fabriqué les plus beaux enfants de la terre. Elle irait voir Henri qui, sentant sa présence, ferait l'effort d'ouvrir les yeux, étonné de la voir assise au bord de son lit, déjà vêtue. Il lui demanderait dans un demi-sommeil ce qu'elle fait, pourquoi elle est prête si tôt, s'il doit se lever, et elle lui répondrait que tout va bien. Rendors-toi mon chéri, je m'en vais et je t'aime, je t'aimerai toujours. Elle l'embrasserait, respirant son odeur de jeune homme. Après quoi elle repasserait devant sa chambre sans y entrer, pour ne pas risquer de réveiller Marius, enfin assoupi après son insomnie de trois heures. Elle descendrait l'escalier, prendrait garde de ne pas heurter le guéridon juste en bas, dans le noir, entendrait la pendule sonner quatre heures. Elle franchirait le seuil, passerait le petit portail. Elle partirait comme ces femmes qu'on montre du doigt parce qu'elles ont osé déserter, parce qu'elles veulent croire que le temps se rattrape, parce que tout vaut mieux que de rester. Femmes battues ou de mauvaise vie, aventurières, réprouvées de toutes sortes, amantes malheureuses, insatisfaites ou furieuses. Elle n'a rien de commun avec elles et pourtant.

Une fois dehors, elle s'apercevrait que peu à peu elle retrouve son souffle. Que sa poitrine s'allège, que ce départ a desserré l'étau qui l'empêchait de vivre. Elle regarderait autour d'elle pour la première fois comme si un nouveau monde se levait. La lumière serait limpide, le ciel semblable à un berceau. Il lui suffirait d'avancer jusqu'au port, de prendre le premier billet disponible. À cette heure-là, les môles sont déserts, l'eau calme, les passerelles silencieuses. Il lui suffirait d'attendre l'embarquement, et quand enfin le bateau larguerait les amarres, elle regarderait sa ville s'éloigner. Elle serrerait contre elle son maigre bagage. Quelques vêtements, un livre et la photo de Simone avec Henri dans le jardin d'Eckmühl. Elle verrait disparaître la promenade de Létang et ses arbres, le fort de la Moune, les Planteurs, la montagne des Lions... Elle essaierait de distinguer les premiers promeneurs, les derniers soldats, les chiens errants. Elle compterait les travées des falaises, ces chutes qui semblent avoir creusé la pierre pour dessiner ce rempart naturel à l'est d'Oran. Elle ne se demanderait même pas à quoi sa route va ressembler désormais. Elle dirait adieu à son passé une fois pour toutes. Adieu à ses parents, à ses enfants, à son mari. À ceux qu'elle a aimés. Elle s'interdirait les regrets. Le moindre chancellement, la plus petite larme. Ailleurs, l'avenir l'attendrait. Un autre métier. D'autres amis. Un autre homme. Elle accosterait à Marseille ou à Port-Vendres. Se précipiterait à la gare. Huit heures de train jusqu'à Paris, en troisième classe, pour dépenser le moins possible avant de rebondir. Elle aurait le cœur qui bat. Elle se sentirait l'âme d'une jeune fille qui risque son va-tout. Libre. Libre d'espérer. Libre de croire que les souffrances les plus profondes finissent par s'effacer. Capable enfin de se projeter, mobilisée par le combat pour se tailler une autre vie. Absorbée par une lutte sans complaisance. Tuant dans l'œuf tout ce qui ne serait pas le présent. Renaître. Voilà ce à quoi elle s'obligerait.

6

LETTRE D'IRÈNE

Oran,
ce 9 octobre 1943,

Ma très chère amie,

Je vous imagine avec vos élèves, vous si frêle mais pleine de volonté, dégageant cette autorité douce qui vous caractérise. Ils ont dû être stupéfaits de se retrouver face à une jeune femme déterminée, belle et juvénile. Surtout si votre prédécesseur était un vieil homme au seuil de la retraite. Vous avez du courage, mais votre tâche est exaltante ! Vous exercez un métier qui prend tout son sens dans ce genre de chef-lieu car bien qu'à proximité d'Oran dont la civilisation lui profite, Sidi Chami souffre des grands maux de la campagne algérienne. À commencer par la misère qui n'est pas celle de la Kabylie mais tout de même, ce que vous me décrivez semble effroyable !

Je ne suis pas à Oran dans les prochains jours mais faites-moi signe quand vous reviendrez, je vous donnerai des vêtements et des choses dont vous pourriez avoir besoin.

Je ne vous cache pas que si j'ai joyeusement avalé votre lettre, j'ai passé du temps sur votre post-scriptum – qui m'a fait venir les larmes aux yeux. « Qu'en dites-vous ? » me lancez-vous à la fin, comme pour atténuer l'ampleur tragique de votre rêve...

Je ne suis pas qualifiée pour en interpréter quoi que ce soit même si, comme vous le savez, je m'intéresse de plus en plus aux mystères de l'inconscient – mais ramenant votre cauchemar à ma propre expérience, je ne peux m'empêcher d'y lire une lutte féroce afin de tuer dans l'œuf (ou dans la mer) ce sentiment de culpabilité qui nous dévore.

Certes, vos enfants apprennent (peut-être) à nager, mais ils commencent par disparaître... Morts ou vivants, il faut qu'ils partent. Ouste ! Qu'ils se débrouillent ! Qu'ils vous fichent la paix ! Qu'ils vous laissent profiter de cette maison féerique qui abrite vos appétits les plus extravagants, vos envies les plus inavouables, tous ces labyrinthes merveilleux... Je note que c'est l'aîné qui clôt la chute dans le vide, comme si pour une fois, au lieu de montrer le chemin à ses cadets, il s'assurait qu'ils vous laisseront tranquille, vous désignant à vous ce à quoi il consent puisqu'il se retourne et vous regarde tristement. Et cela vous réveille, comme si vous preniez conscience de l'énormité de votre désir : ne plus être mère !

Mais on n'abandonne pas, même à ce prix, le fardeau de la maternité... C'est pourquoi Simone, si légère, écrivez-vous, est celle, bien sûr, qui pèse le plus lourd. Nous ne pouvons cicatriser quand nous perdons nos enfants. C'est une douleur qui nous hante et quelle que soit la façon dont nous essayons de vivre avec, elle est à jamais une part de nous. Il faut l'accepter.

Il faut accepter de survivre, et du moins sommes-nous là pour nous souvenir, à travers notre corps, de ces existences trop courtes qui n'ont pas eu le temps de se déployer et qui pourtant, bel et bien, ont vu le jour. Nous les avons mises au monde et nous n'avons plus cessé de les porter. On peut essayer de noyer en songe nos petits défunts, ils nous accompagnent à jamais.

Que dire enfin de votre impression d'un rêve induit par l'interdiction des baignades le long des Andalouses et dont un tas d'ordures aurait été la cause... Ce que nous rejetons fait obstacle à nos plaisirs tout en nous rappelant qu'on ne se débarrasse jamais tout à fait de nos déchets. Là encore, comment cheminer sans faiblir, escortés par nos démons ? Il le faut bien !

Je me suis autorisée à vous écrire au fil de la plume et j'espère que cette lettre ne vous blessera pas, arrivant mal à propos, au moment où justement vous pensiez à autre chose.

Mais je sais que vous prenez toujours le parti de la réflexion et que votre raison, nourrie par votre inlassable curiosité et votre goût du romanesque, a plus de pouvoir sur votre chagrin que tous les apitoiements.

Bien à vous, ma chère petite Germaine,

IRÈNE.

7

LE VOTE DES FEMMES

Les beaux jours se prolongent, repoussant les orages tardifs du début de l'hiver. Souffle le vent d'ouest, qui apporte des odeurs de terre et de sel. Sur la plage de Canastel, les parties de volley se poursuivent jusqu'à la nuit. Parfois, une bourrasque dévie le ballon, fait perdre un point à une équipe. Hurlements, rires. Les passants regardent ces jeunes gens torse nu poussant des cris entre chaque échange. Ils sont beaux, athlétiques. Prêts à tout pour gagner, tombant à genoux dans le sable pour sauver une balle en la frappant in extremis. Henri a vite trouvé sa place parmi les joueurs les plus habiles. Faradji et Martinez participent à ces joutes au filet. Ils n'ont pas son niveau mais ils s'accrochent. Au crépuscule, le ponant forcit, qui attise les fraternités, façonne cette jeunesse élevée dans le culte du corps. De nouvelles amitiés voient le jour même si aucune n'égale celles de l'enfance.

La guerre n'est pas finie mais on en pressent l'issue. Les blessés de Tunisie sont revenus. Les morts aussi. Arabes et pieds-noirs côte à côte dans cette armée d'Afrique qui donne sa vie pour arracher la victoire. Bientôt, l'horreur des camps explosera à la face du monde. Henri compte les semaines qui le séparent du jour où il pourra revêtir l'uniforme. Il a hâte d'en découdre maintenant qu'il est grand. En attendant, il joue avec une sorte d'ivresse. Il n'a pas pu se baigner au début de l'été, à cause des ordures au large des Andalouses. Il se rattrape en ces journées d'octobre.

Marius, lui, a engagé un petit apprenti pour achever Trouville mais trop de matériaux manquent, le jeune ouvrier a renoncé à venir, et Beckett se retrouve seul à ratisser des cailloux. À ses pieds, les fleurs se dessèchent. Elles ont fini par abdiquer, dit-il à Henri qui fait ses devoirs du week-end. Ses parents et ses petits frères se reposent à l'intérieur. Parfois, en fin d'après-midi, un voisin passe, offre des sardines ou un peu de mouton. Marius se fait alors un devoir de recevoir son hôte avec les honneurs. Du thé et des gâteaux dont la réserve s'est améliorée depuis que Mime a été nommée directrice.

M. Martinez – un vague oncle du copain d'Henri – est du genre à prendre ses aises. Il s'affale sur une chaise longue, entame un monologue que Marius écoute d'une oreille distraite. Tout y passe : la guerre, les Américains, la France, les dernières nouvelles du Vieux-Port. Sous prétexte de lire *Stars and Stripes* qui tire en anglais sur les rotatives de *L'Écho d'Oran*, il commente l'actualité et, systématiquement, charge les Arabes de tous les maux. Ce sont eux qui excitent l'antisémitisme, eux qui ont accusé Roosevelt de complicité avec la « juiverie », eux qui alimentent le marché noir, eux qui jouent les espions en

Oranie. Sans compter qu'ils sont inaptes au travail, incapables de fournir un effort durable. Il dit cela tranquillement, devant Beckett qui trime depuis deux heures sans lever le nez. Henri se tait par respect pour son père mais il bout. N'y tenant plus, il se lève et va aider le vieux jardinier à remuer le sol tandis que l'autre, les lèvres grasses, enfourne les dernières pâtisseries orientales. Le fils voudrait que son père mouche son visiteur. Or, Marius reste de marbre. Mime, elle, s'est éclipsée. Les petits se sont réveillés et jouent à l'ombre du garage qui n'abrite toujours pas de voiture.

Quand, enfin, Martinez lève le camp, Henri donne libre cours à son indignation. Son père réplique en souriant :

— Tu sais, tout ce qu'il raconte n'est pas faux...

— Mais enfin, papa, il représente tout ce que tu as toujours détesté, ce type ! Il ne répand que des ragots !

Marius hausse les épaules, argumente mollement. À la vérité, il aime bien Martinez, qui lui apporte des œufs frais et parfois le distrait. Henri éprouve ses premières révoltes. Expédie ses devoirs et fuit vers la plage où les risées d'automne hérissent la mer.

Il aurait mieux fait de rester à Oran et de rejoindre la bande de Canastel. Mais quand ses parents ont décidé d'aller à Trouville, il n'a pas eu le cœur de laisser ses petits frères. Alors, il a suivi. Il est à cet âge où il voudrait décider de son emploi du temps tout en se soumettant au mouvement familial. Et puis, il redoute encore l'irascibilité de son père. Marius, pourtant, ne s'emporte plus guère. Il est devenu taciturne et quand il parle, c'est pour dire le minimum. Il n'a plus envie de débattre, ni de s'épancher d'ailleurs. Il n'aime plus ces affrontements oiseux sur l'état du monde. Les a-t-il jamais aimés ? Il ne possède pas ce côté Simon qui le séduisait au début et l'exaspère désormais. Décortiquer les faits, brasser les concepts pour le plaisir de la controverse.

Mime, de son côté, évite certains sujets pour ne pas risquer une dispute. Elle aussi a changé. Et son mari l'épuise. Elle trouve qu'il ressasse des obsessions malsaines. La séparation, qui l'inquiétait au début, la soulage à présent d'un compagnon morose. Au point qu'elle attend avec impatience ces lundis matin où elle s'échappe au lever du jour. Elle a hâte de rejoindre son école dont, en quelques semaines, elle a fait un havre d'apprentissage et de plaisir.

Entre les murs de cette caserne enfantine, elle tient la guerre à distance, et cette ombre qui la poursuit depuis six ans. Elle laisse derrière elle une maison organisée. La personne qui s'occupe du ménage s'est révélée parfaite : tout est propre, rangé, astiqué pour son retour en fin de semaine. Son foyer lui manque davantage que Marius. Elle s'en veut d'éprouver cette indifférence tout en se demandant si elle est encore capable d'aimer. Ce sont des pensées fugitives qui germent dans sa tête et qu'elle chasse aussitôt. Inutile d'y penser. Un couple, c'est pour la vie. Le reste n'est que littérature.

Il lui arrive de regretter Saïgon. Peut-être aurait-elle dû accepter d'y partir. Marius avait envie d'une nouvelle vie, et en la lui refusant elle lui a coupé les ailes. La guerre n'a rien arrangé. Mers el-Kébir l'a achevé. Reste Trouville. Ce rêve bourgeois qui ressemble si peu à sa nature excessive, et dans lequel, pourtant, elle s'enfonce avec volupté. Là-bas, elle nage. Pas besoin de parler. Pas besoin de penser. La Méditerranée dilue ses angoisses, dissout ses pensées morbides.

Certains week-ends, le couple prolonge l'éloignement de la semaine. Marius prend son vélo, grimpe le long de la corniche, seul ou en compagnie de Monin. Il passe son samedi à bricoler avec Beckett, et Mime le rejoint le dimanche matin. Parfois aussi, elle reste à Oran pour s'occuper de ses parents. En fait, ce sont eux qui s'occupent d'elle. Elle redevient une petite fille à qui sa mère fait la lecture. C'est Blanche qui a fait découvrir à sa fille *La garçonne*. Mime, qui s'était emballée pour les suffragettes d'après-guerre, reprend le flambeau de l'émancipation féminine, persuadée que si les femmes ne réclament pas avec force leur égalité, elles n'auront pas une miette des hommes. Elle ne supporte plus que le premier ivrogne venu puisse avoir le droit de voter et pas elle. Elle en discute avec son père, avec ses sœurs, avec Irène Peretti aussi, qui un dimanche de cette fin octobre l'a invitée dans un café du centre-ville où l'on trouve des gâteaux hors de prix mais comestibles.

— Ma pauvre Germaine, lui a-t-elle dit, les femmes auront toujours à payer pour leur supériorité. C'est cela qui effraie les hommes : on en sait plus qu'eux ! Même celles qui ne savent rien en savent plus...

Mime la regarde en souriant. Elle l'aime, décidément, cette Irène pleine d'aplomb qui encourage ses audaces.

À son retour de Trouville, Marius est sommé de s'engager à voix haute. Il n'était pas préparé à ce qu'il perçoit comme un tribunal. Or, s'il approuve sans réserve les positions de son épouse, il n'en fait pas une affaire d'État. Il a tendance à esquiver. Aux yeux de Mime, il manque de conviction. Elle voudrait qu'il se montre aussi furibard qu'elle, qu'il monte au créneau, qu'il soit prêt à égorger la bande de rétrogrades qui cantonnent le genre féminin à une place subalterne et s'étonnent qu'on leur résiste.

— Tu dis que c'est injuste mais je ne te vois pas scandalisé ! lui lance-t-elle.

Il répond à côté, gagné par cette lassitude qui engourdit ses gestes – sauf quand il est sur le ring.

Oui, il la soutient. Mille fois. Et il l'admire. Il l'aime en tant que mari, et il l'aime en tant que témoin objectif. Il est ébloui par sa finesse, par sa culture. Il est ébloui par l'ampleur de sa volonté qui la met au travail nuit et jour, quelle que soit sa fatigue ou sa mélancolie. Car il sait combien Mime, sous son endurance, refoule ce mal qui la terrasse depuis la mort de Simone. Même quand elle rit, il entend qu'elle pleure. Il sait combien elle se fait violence pour se lever le matin. Il sait combien la joie pure l'a désertée. Combien elle rêve parfois d'une autre vie. Il sait par cœur toutes ses grâces, juge anormal, bien sûr, qu'elle ne puisse pas voter alors même qu'elle enseigne. Mais de là à militer...

— Si tout le monde était comme toi, rien ne changerait ! lui reproche-t-elle.

— Oh, je vous fais confiance, vous allez bien y arriver sans moi.

— Tu me vouvoies ?

— Je parle de votre engeance, en général...

— J'avais compris, merci ! Et c'est justement ce qui m'attriste ! Mon propre mari s'en remet à l'énergie de celles qui souffrent. Mais lui s'en lave les mains. Bravo !

— Mais bon Dieu, que veux-tu que je fasse ?

— Je voudrais t'entendre, ne serait-ce qu'UNE fois, dire que la situation des femmes est inacceptable. Que les hommes se sont accaparé les arts, la politique, toutes les instances de pouvoir ET de plaisir, et que cela est insupportable ! Je voudrais t'entendre dire que oui, tous ensemble, nous allons combattre cette iniquité !

Henri ajoute son grain de sel. Il est d'accord avec sa mère, il comprend son animosité, il est prêt à s'enflammer lui aussi. Garçons et filles doivent être égaux en tout point. Et lutter côte à côte. Frères et sœurs d'armes, dit-il en levant le poing avec exaltation.

8

APPRENDRE À ÉCRIRE

C'est ainsi que Mime repart le lundi, avec ses deux cadets : aussi remontée qu'une amazone. Fière de voir combien ses élèves ont progressé en si peu de temps. Tous des garçons à qui elle inculque l'égalité et la fraternité. Quant à la liberté, elle est indissociable du savoir. Elle craignait que les plus grands soient peu motivés, ce sont les plus assidus. Ils veulent apprendre et la regardent comme une divinité. Elle n'a pas besoin de gronder. Ils sont d'une sagesse exemplaire. Même les petits sont faciles. Marcel a décidé qu'il était leur chef, un chef souriant, aimable, dépourvu de la moindre véhémence, et ils lui obéissent naturellement, comme si, étant le fils de la maîtresse, cette fonction lui revenait de droit. Ils découpent et dessinent, érigent des châteaux de cubes, composent des fagots de bâtonnets, et quand ils bâillent, Mime leur demande de poser leurs joues sur leurs avant-bras croisés et de faire semblant de dormir. Certains s'endorment, tête contre le coude. Les autres se blottissent par terre et finissent eux aussi par fermer les yeux. Même Marcel qui n'aime pas la sieste succombe au sommeil durant ces longs après-midi où il commence à faire froid et où la perspective de se glisser sous une couverture en plein jour ressemble à un jeu.

Pendant ce temps, Mime enseigne aux plus âgés l'écriture. L'alphabet français, ses lettres rondes ou aiguës qui, chacune prise à part, ressemblent à ce qu'elles font entendre. Les voyelles amicales, sonores comme des grelots. Les consonnes gutturales, nasillardes. Elle invente des subterfuges pour que les mots suscitent leur intérêt, trace au tableau des phrases qu'elle décompose et dont elle prononce les segments en imitant les oiseaux. Elle relit en chantant, ses élèves rient, l'accompagnent, et bientôt c'est toute la classe qui donne de la voix en braillant une cascade de syllabes.

Elle expérimente toutes les idées qui lui passent par la tête, y compris les plus fantaisistes. Cherche des phonèmes qui sonnent de façon claire ou sourde, associe certaines lettres à des personnages. Tout plutôt que l'ennui. Au diable les méthodes toutes faites, songe-t-elle en contemplant les dos courbés et les crânes rasés au-dessus des cahiers. Les taches d'encre pleuvent, mais elle encourage ses élèves à recommencer, encore et encore.

— Vous allez y arriver ! Ce qui compte, c'est de répéter le même geste pour qu'il devienne familier. Pensez à Boileau, Nicolas Boileau, un poète français dont le conseil le plus connu vous servira pour la vie : « Cent fois sur le métier, remettez votre ouvrage... »

Elle recopie la citation au tableau. Sa craie monte et descend, s'use sous les pleins et les déliés. Ce mouvement-là, c'est le secret. Si la plume se brise ou se tord quand on appuie trop, si l'encre jaillit en une étincelle noire qui salit jusqu'au poignet, ce n'est pas grave. Elle remplace les porte-plumes, remplit les petits encriers de porcelaine, nettoie les doigts. Elle se découvre une patience qu'elle n'a jamais eue pour ses propres enfants. Note que les trois blondinets du premier rang sont moins assidus que les petits Arabes qui s'appliquent davantage. Ils sont concentrés, curieux. Ils veulent savoir. Tout. Les adjectifs les plus sophistiqués, les volcans d'Auvergne, les fleuves de France. Du territoire où ils vivent, ils n'apprennent pas grand-chose, mais personne ne s'en étonne. Ni eux, ni la maîtresse qui se réjouit de leur docilité. À l'exception de Mustapha, huit ans, qui a des yeux très noirs et le nez qui coule. Qui renifle ou s'essuie d'un revers de manche. Il n'est d'ailleurs pas le seul, et Mime a beau distribuer des mouchoirs, rien n'y fait ; elle se retrouve face à une assemblée de renifleurs.

— Souffle ! ordonne-t-elle à Mustapha en lui tendant un carré d'étoffe. Il arrondit les lèvres en tenant le tissu devant lui, souffle dessus. Mais non, mouche-toi ! répète-t-elle. Elle comprend qu'on ne lui a jamais appris à enfouir son nez ailleurs que dans sa manche.

À part ça, ce gosse est un diable qui ne pense qu'à dissiper ses camarades. Mime menace :

— Mustapha, si tu continues, je vais devoir te garder ici avec moi après la classe...

Il hausse les épaules, prétend qu'il n'a pas bougé, que c'est Untel ou Machin qui l'embête. Dès qu'elle se tourne vers le tableau, il recommence. Elle l'envoie au coin.

L'oblige à rester immobile, dos à la classe. Mais il continue à faire le pitre, cherche par tous les moyens à provoquer le rire de ses copains si bien que Mime le saisit par le bras et l'enferme dans le petit appentis qui jouxte la salle.

— Tant pis pour toi, tu seras le seul à ne pas savoir lire et écrire à la fin de l'année! lâche-t-elle.

— Je m'en fiche! répond-il.

Les heures passent, la journée défile, la cloche retentit. Kadour est le dernier à partir. Il dit au revoir à Mime en ajoutant :

— Le père de Mustapha, il est tellement occupé avec la guerre qu'il s'apercevra même pas que Mustapha, il est pas rentré à la maison...

Elle réalise soudain qu'elle a oublié le gamin, se précipite pour ouvrir la porte. Mustapha est endormi. Bras croisés, replié sur lui-même comme elle l'a appris aux plus petits. Il lui sourit quand elle le réveille pour qu'il rentre chez lui. Le soir même, elle l'aperçoit dans la rue habillé d'un de ces sarouels taillés dans un sac de patates de l'armée américaine. Le tampon « US Army » sur sa fesse gauche en témoigne. Elle a laissé Marcel et Robert à Zahia le temps de quelques courses et tandis qu'elle fait la queue devant l'épicerie, elle ne perd pas de vue Mustapha qui se faufile dans un groupe de vieux promeneurs. Elle ne voit pas très bien ce qu'il manigance, mais elle ne jurerait pas qu'il garde les mains dans ses poches. Au bout d'un moment, il rejoint des gosses à peine plus âgés que lui, et brusquement, ils s'éparpillent devant les gendarmes à cheval.

La place est vide à présent. Mime entend une trompette. C'est enfin son tour au comptoir, où elle achète ce qu'elle peut, fromage, pain, pois chiches, poudre de lait. La fanfare se rapproche. Le roulement de tambour gronde. En sortant, elle voit passer la troupe en uniforme d'apparat, fez, bérets, casques ou calots dont l'arc-en-ciel de couleurs donne au défilé un air d'opéra-bouffe.

— Ils s'entraînent pour la Fête des morts, dit un type derrière Mime.

— Vous parlez de la Toussaint ou du jour des défunts ?

— La Fête des morts, vous dis-je…

— Je ne vois pas en quoi l'armée est concernée.

Un autre prétend qu'il s'agit d'un entraînement en vue de la célébration de l'armistice de 1918. Elle n'attend pas la réponse et reprend le chemin de son école dans l'odeur des jasmins. Elle pense que Simone aurait eu onze ans cette année.

À Sidi Chami, Mime se fabrique une existence consacrée à l'étude et aux livres. Quand Marcel et Robert dorment, elle lit. Des magazines, des romans, des essais. Dans la journée, elle fait la classe à ses élèves puis à Zahia qui écrit de mieux en mieux sous sa dictée. Elle ne croise presque jamais d'adultes. Ses véritables interlocuteurs sont des enfants. Le soir, elle s'installe au bureau, rédige de longues lettres. À Irène Peretti bien sûr, à qui elle raconte ses journées. À quelques-unes de ses amies aussi, peu à la vérité, ses sœurs ont pris ce qu'il restait de place. Une fin d'après-midi, elle achète un cahier épais à la couverture illustrée. Décide d'en faire son journal intime, mais plutôt que d'y consigner ses réflexions, recopie des textes et des citations, y glisse des photos ou des coupures de presse. Comme à l'école, elle découpe, colle. Témoigne de ses observations du jour, ramasse des feuilles d'arbres pour les faire sécher entre ses pages. À quarante-trois ans, elle se sent au tout début d'une vie professionnelle qui la passionne sans la combler. Elle voudrait davantage, elle aimerait autre chose, elle ne sait pas bien quoi.

Du moins a-t-elle plaisir à enseigner. Dans son cahier, elle note des exceptions grammaticales, des particularismes sémantiques. Les mots, la syntaxe, l'agencement des phrases, tout ce fatras linguistique la rassure.

Tandis que son fils aîné s'échine à parler espagnol, elle s'évertue à parfaire son français, apprenant par cœur des poésies qu'elle récite à voix haute quand tout le monde est couché.

Elle ne sort pas ou peu. Dans ce logement de fonction qui sent le fruit mûr et la craie, elle reprend des forces. À l'école, elle découvre la joie d'être écoutée. Mesure son pouvoir en lisant l'admiration dans le regard de ses élèves.

Au bout de quelques semaines, l'académie envisage de lui confier une nouvelle mission en accord avec les autorités militaires américaines. Il y a un camp de prisonniers italiens à proximité de Sidi Chami. Mime accepterait-elle de donner des cours à des officiers qui en ont fait la demande ?

Quatrième partie

LE PRINTEMPS

(1944-1954)

1

MUSTAPHA ET SON PÈRE

Le film de mon grand-père s'interrompt entre 1937 et 1947. Dix ans d'ellipse, dix ans où, de la mort de Simone à l'enfance des deux derniers, il n'y a plus rien sinon ce que j'imagine : une lente tentative de remonter vers le jour. Dix ans de silence que je dois remplir. Dix ans entre parenthèses où mon exploration bute. Je comble les trous comme je peux, je raccommode avec ce qu'on me dit, ce que je lis, ce que j'imagine, m'appuyant sur le fil de cette décennie où la guerre frappait tandis que mes grands-parents affrontaient leur tragédie intime.

Mon père ne m'a jamais parlé de Sidi Chami, dont je découvre l'importance grâce au petit Marcel qui est aujourd'hui un homme de quatre-vingt-un ans. Il a peu de souvenirs mais il n'est pas près d'oublier que sa mère y a enseigné comme directrice d'école, puis qu'elle y a donné des cours au camp de prisonniers italiens à proximité. Ma grand-mère a beau se transformer en personnage de roman, elle a néanmoins traversé les aventures que je lui prête. Les faits sont là : elle vivait loin de son fils aîné et de son mari en semaine, et du lundi au samedi matin, seule avec ses deux derniers, installée dans un logement de fonction, elle faisait la classe aux gamins avant d'enseigner le français à des officiers italiens.

Le reste est en mon pouvoir, je me glisse dans le cœur de Mime qui se soigne avec les mots. Les femmes de ma famille sont infirmières ou institutrices, elles ont foi en l'utilité de leur métier. Éducation et santé : les deux ressources d'un pays qui va de Dunkerque à Tamanrasset.

Le capitaine Capozzoli, lui, est d'une terre qui va de Milan à Syracuse. Il fredonne les refrains de sa région, le Basilicate, au sud de l'Italie. Il est né à Potenza et chante pour rester debout. L'italien lui fait du bien. Cela ne l'empêche pas d'aimer la France. Surtout depuis qu'il prend des leçons avec ma grand-mère. Il possède déjà des bases solides, plus que des rudiments, de quoi s'exprimer de façon élaborée. Mime ne parle pas italien mais les deux langues sont suffisamment voisines pour qu'elle puisse se débrouiller quand il cherche un mot ou une expression. Cela devient vite un jeu entre eux, se promener entre leurs deux idiomes, aller de l'un à l'autre et tant pis si certains, dans le groupe, sont à la traîne.

Le capitaine garde dans l'une de ses poches une petite anthologie de poésie française qu'il lit pour oublier la faim et la crasse. Ils commencent par là : Lamartine, Victor Hugo, Alfred de Vigny. Les classiques. Puis Baudelaire, Rimbaud, Verlaine. Les symbolistes. François Villon, c'est trop difficile. Déjà, pour affronter un alexandrin du

XIXe, Mime se donne du mal. Capozzoli s'applique davantage encore que ses écoliers. Cette femme le réconcilie avec sa captivité. Pour elle, tous les jours, il se rase et brosse son uniforme. Le camp de Sidi Chami n'est pas le pire de ceux qu'il a connus, on peut même aller et venir avec des laissez-passer. Reste que la saleté et les barbelés font capituler les soldats les plus faibles. Pour peu qu'un homme ne reçoive pas de lettre de sa famille, il sombre. Capozzoli, lui, est prêt à se battre pour un bout de savon. Depuis le début, il s'évertue à plaire à Mime. Cela l'émeut, la flatte. Elle ne le décourage pas. Elle le trouve charmant. Pas aussi grand que Marius, mais robuste, avec de larges épaules sur lesquelles se pose un cou solide, un visage harmonieux, d'une douceur qui intrigue chez un militaire. Il a des yeux verts qui tirent sur le jaune et des sourcils très sombres qui accentuent le regard. Le reste est régulier, peau claire, nez droit, menton carré, bouche bien dessinée.

La pluie tombe sans cesse depuis plusieurs jours, inondant le camp, transformant en boue la moindre parcelle de terre. La nuit, les toux se relaient qui déchirent le silence. L'hiver 43-44 n'épargne ni l'Europe ni l'Afrique du Nord. Les prisonniers se calfeutrent comme ils peuvent. On leur distribue des couvertures mais aucune laine ne vient à bout de l'humidité et des aubes polaires. Mime réquisitionne des pulls, dévalise les armoires. Les hommes manquent de chaussures, de bottes. Impossible de se procurer le moindre cuir en ville.

Les élèves sont trempés. Même quand le temps est

doux, les mouvements coûtent. Les bactéries prospèrent. La salle de classe sent le pétrole, l'encre et l'eau croupie. Tout le monde apprend à vivre sans se plaindre. Seuls les petits ont tendance à pleurnicher. Mime les console. Elle a froid et faim elle aussi, mais cela fait longtemps qu'elle ne s'est pas sentie aussi vivante. Malgré la fatigue, elle se lève d'un bond le matin.

Elle rentre à Oran pour Noël et le réveillon. Le 1er janvier 1944 tombe un samedi. Les Américains ont organisé un tournoi de base-ball, qu'ils baptisent l'Arab Bowl, histoire d'adopter la couleur locale. Le tournoi se calque sur un pittoresque à la sauce péplum. Intrigués, les Oranais ouvrent grands leurs yeux, vaguement sceptiques, et finalement se prennent au jeu. Le stade du quartier Saint-Antoine fait le plein. Irène et Pierre Peretti y passent une partie de leur après-midi après avoir assisté aux parades militaires et aux courses de chameaux du boulevard Gallieni. Rien de bien passionnant, mais Peretti se doit de paraître à ce genre d'événement, c'est du moins ce qu'il prétend. Irène raconte à Mime que le match de l'après-midi lui a semblé d'un ennui mortel ; elle l'a suivi d'un œil indifférent, s'intéressant finalement à l'assistance où elle s'est mise en quête d'autre chose à regarder que toutes ces silhouettes faméliques flanquées de gosses aux joues creuses.

— Que n'êtes-vous venue, vous et Marius ! dit-elle à Mime. On se serait un peu amusé… À deux pas de chez vous en plus !

Mime se félicite d'avoir échappé aux festivités.

Ce début d'année 44 apporte une bonne nouvelle : Odette attend un enfant de Désiré Ubassy, qui a deux fois son âge et qu'elle fréquente depuis pas mal de temps. Vingt ans après Line, le bébé est prévu pour le mois d'avril... Le mariage aura lieu en juillet. Mime se réjouit pour sa sœur, et pour ses parents toujours affectés par la mort de Georges, leur neveu. Tous ces hommes encore jeunes qui disparaissent alors que leurs vieilles carcasses à eux rouillent interminablement. Ils trouvent que c'est injuste, même si cette injustice leur profite.

Mime a hâte que passent les fêtes pour retourner à Sidi Chami. Elle y achève le mois de janvier, aide les gens du village, accompagne les malades au centre médical, s'occupe des plus petits qu'elle nourrit avec des gâteaux confectionnés à base de biscuits pilés, puis février arrive, beau mais glacial, au point qu'elle dort avec ses deux enfants dans les bras. Lorsque dans la nuit elle se réveille pour vérifier qu'ils respirent, elle éprouve un amour de louve.

Enfin, mars pointe son nez, et ce printemps-là se grave dans les mémoires tant il contient de promesses. Les jours rallongent de façon visible, le spectacle de la nature redonne foi à tous ceux qui guettent son éclosion. Le capitaine Capozzoli apprend les bourgeons, les pétales, les sépales, le pistil, les étamines, les lentisques, le genêt, les jujubiers. Il mémorise tous ces mots qui désignent le seul monde auquel il a envie de penser désormais. Mime les passe en revue pour lui, les prononce lentement avant de les lui faire répéter. Il ne peut plus regarder le pré ni la masse jade des ficus sans voir le beau visage de son enseignante.

À la fin d'une de ces journées, Mime rencontre le père de Mustapha. Ce n'est pas la première fois qu'elle lui demande de venir mais il n'a jamais donné suite. Le gosse, lui, continue de semer la zizanie dans la classe. Zahia, qui le connaît, conseille à la maîtresse de le punir plus sévèrement. Elle lui dit que son père, de toute façon, ne viendra pas à l'école parce qu'il aide les soldats américains, et qu'il est toujours sur la route, avec sa carriole et son mulet. Mime n'a pas réussi à savoir ce qu'il faisait exactement. Quand elle interroge Zahia, la jeune fille prend des airs mystérieux.

— Tu sais, dit-elle, on ne sait pas trop ce que font les gens en ce moment...

— Et la mère, elle est où ?

— La mère de Mustapha ? À la maison, où veux-tu qu'elle soit ? Elle ne sort jamais. D'ailleurs, elle est infirme.

— Il a bien un aîné, un grand frère, une grande sœur ?

— Ils sont tous occupés. Mouloud est à la guerre, Farid aux champs, Yasmine au dispensaire. Mustapha, il est venu tard, tu sais, en dernier, et il a grandi seul. Il n'a jamais été comme les tiens, mignon, éveillé, gentil. C'est une mauvaise herbe, Mustapha Chemla ! Il faut lui couper la tête.

— Tu penses vraiment que je dois anéantir ce pauvre gosse !

— Les mauvaises graines, il faut les empêcher de donner des fruits tout racornis, sans jus et sans saveur. Des fruits dégénérés qui contaminent les autres...

— Mustapha, un fruit dégénéré ?

— Bien sûr. Il ne pense qu'à faire le mal, ça a toujours été comme ça. Depuis qu'il est né, il ment, il vole, il tape, il fait le zouave...

— Même quand il ne savait pas parler, il mentait ?

— Bien sûr. Il pleurait juste pour qu'on s'occupe de lui !

— Eh bien, moi, je ne crois pas qu'il y ait des mauvaises graines, ou alors, s'il y en a, je veux que la mauvaise graine donne de beaux fruits.

— Elle te donnera des fruits amers.

— Je ferai en sorte qu'ils soient mangeables.

— T'y arriveras pas...

Mime se rapproche de Zahia et lui prend le menton.

— Dis-moi, et si tu allais, toi, dire au père de Mustapha que je veux le voir ? Au moins, je serais sûre qu'il a eu le message...

Zahia hésite. À son avis, Mime se donne bien du mal pour si peu, elle devrait se contenter de frapper ses élèves quand ils ne lui obéissent pas, plutôt que de faire des histoires avec les parents. Un coup de bâton sur les doigts, et basta. En plus, elle n'aime pas le père de Mustapha. C'est un homme rude, brutal. Mal éduqué. Elle finit pourtant par aller frapper à sa porte. Et le lendemain, Mime voit arriver à l'école un géant d'une quarantaine d'années, aux yeux charbonneux et au visage sombre. La classe vient juste de s'achever, les élèves filent. Sauf Mustapha, qui reste à sa place, au dernier rang.

— Je suis Youssouf Chemla, lâche le colosse.

— Vous êtes le père de Mustapha ?

Il acquiesce, sans un regard pour son fils qui se tasse sur son siège.

— Merci d'être venu, bafouille Mime. Elle est impressionnée par la carrure de ce type qui semble si peu adaptée à la taille des pupitres autour de lui. Elle lui offre une chaise sur laquelle, s'asseyant de tout son poids, il déborde de partout. Elle énumère les méfaits du gamin, en allégeant un peu sa charge. Évoque son manque d'attention en classe alors qu'il pourrait être un bon élève. M. Chemla la regarde fixement sans dire un mot. Il a un gros visage à la peau luisante, des lèvres violettes comme des prunes. Tout en lui est épais, charnu. Mais il écoute. Regard attentif, bouche close. Finalement, Mime se lève et demande à Mustapha de venir montrer son cahier. Elle reste debout. Prête à s'interposer si le père s'énerve. Tandis qu'il regarde le travail de son fils, elle explique que si Mustapha s'appliquait davantage, il ne ferait pas toutes ces fautes et toutes ces ratures. Sans parler des taches d'encre. Elle est sur le point de lui dire que malgré tout, c'est un bon garçon, quand Chemla l'interrompt.

— C'est Mous qui a fait ça ?

Il se tourne vers Mustapha, revient au cahier dont il tourne les pages, l'air hostile.

— Tu sais écrire tout ça ! Toi ? Mais c'est magnifique, mon fils, tu es un as !

Le regard de Mustapha va de son père à son institutrice. Il a l'air embarrassé et soulagé à la fois. L'autre écarte les mains devant lui.

— Viens dans mes bras, Mous !

Mime ne peut s'empêcher d'admirer les deux pognes qui se referment sur le dos de Mustapha avant de le soulever. Elle contemple le spectacle. Mon meilleur cancre vit son heure de gloire, songe-t-elle. Allah est grand !

Elle va à la fenêtre, note que l'hibiscus a fleuri. Une corolle rose, éclatante, se découpe sur le petit pan de mur jaune.

2

LE BEAU CAPITAINE

Au fil des jours, certains officiers ont lâché prise. Ils assistent au cours faute de mieux, pour se distraire, n'écoutent que d'une oreille. Parfois, ils somnolent. Capozzoli, lui, est d'un naturel réservé, mais cette langue qui n'est pas la sienne lui donne des ailes. Privé de son italien, il est un autre. Étranger à lui-même, étranger tout court dans ce camp où les mots lui permettent de s'évader. Mime est la seule à le comprendre aussi bien. Ils se réunissent dans un bâtiment vétuste à l'écart des dortoirs. Une dizaine de gradés face à cette petite femme qui les regarde à tour de rôle comme s'ils allaient accomplir des prouesses.

Ils ont abandonné la poésie et les métamorphoses du printemps. Maintenant, Mime leur demande de parler de leurs origines. L'exercice est difficile, il n'y a guère que le capitaine qui se lance. Les autres baissent les yeux sur leurs bottes souillées. Elle leur propose de décrire la région d'où ils viennent. Ils se redressent un peu. Elle note des mots nouveaux sur le tableau noir que l'armée a fourni, avec les craies, de longues tables de réfectoire et des bancs. Elle rappelle qu'« hibiscus » prend un *h* en français, et tandis qu'elle écrit le mot un officier plaisante en italien dans son dos. Tout le monde rit, même Capozzoli qui a la courtoisie de traduire.

— Il dit que ce n'est pas avec des noms de fleurs qu'on va pouvoir raconter d'où on vient...

— Pourquoi ? Il n'y a pas de fleurs chez vous ? réplique-t-elle vivement.

— Il y en a, oui, bien sûr, mais...

— Mais quoi ?

— Je crois qu'ils ont autre chose en tête lorsqu'ils pensent à leur pays.

Un sourire vague flotte sur le visage du capitaine. Avec plus de douceur, elle demande :

— Vous voulez dire la tristesse ? L'exil ? Ce sont presque les mêmes mots en français et en italien, vous le savez bien.

Elle avance vers les tables, s'adresse à la classe :

— Parlez-moi de vos foyers, de vos plus beaux souvenirs...

Un petit caporal à la moustache trop longue explique qu'il est né dans une bourgade tellement insignifiante qu'elle a fini par perdre son nom. On lui a donné celui du village le plus proche dont elle est devenue la banlieue inanimée. Il reconnaît qu'il a pourtant été heureux dans ce trou. Capozzoli évoque la ferme de son enfance où vivaient ses grands-parents, des gens rustres dont le chien, un berger belge aux oreilles noires, s'appelait Semaforo. Les autres l'imitent, racontent leur maison, les berges du fleuve où ils ont appris à pêcher, la plage d'autrefois.

L'heure passe, ils ânonnent des phrases maladroites pour dire le sourire de leur mère et le ciel d'Italie si semblable à celui d'Algérie. Ils sont intarissables tout à coup. Mime se contente de corriger un mot ici ou là, recopie ceux dont ils ont besoin. Elle pense qu'ils vont être plus malheureux quand le cours sera fini. Mais c'est trop tard, ils ont réveillé ce qui peuple leurs rêves.

Ses doigts sont blancs de craie lorsque l'adjudant de service entre dans la salle pour siffler la sortie. C'est un soldat de Lousiane, mais il leur parle en italien. Elle finit d'écrire l'adjectif « éblouissant », frotte ses mains l'une contre l'autre tandis que ses élèves se regroupent en traînant des pieds. Le capitaine s'approche d'elle. Il lui propose de la raccompagner.

— Mais vous... vous êtres libre ? demande-t-elle.

Il rit.

— Pas tout à fait, non ! Disons jusqu'à la sortie. Au-delà, il faut un laissez-passer. Mais vous savez, si on se débrouille bien, on peut même aller au cinéma ! Magnifique, non ? En fait, j'ai quelque chose à vous demander...

Elle a rougi au point qu'elle se détourne avant de saisir son sac et de lui emboîter le pas. Ils avancent côte à côte le long des baraquements. Il voudrait savoir si elle accepterait de lui donner des cours particuliers, à cause de son niveau bien supérieur à celui de ses congénères. Aurait-elle le temps ? En a-t-elle envie ? Prolonger la classe, ne serait-ce que ça. Il sait bien que c'est une charge de travail supplémentaire pour elle. Il comprendrait qu'elle refuse. Malgré tout, il insiste. Il redoute tellement de rester sans rien faire. Les officiers ne sont assujettis à aucune tâche, alors il veut s'occuper. Il veut surtout faire fonctionner sa tête. À ce moment-là, elle trébuche et il a juste le temps de la retenir par le bras. Ils sont arrivés aux barrières sud. Ils se serrent la main. Je vais me renseigner, lui dit-elle. Il la regarde tandis qu'elle s'éloigne.

À la maison, Zahia la dévisage.

— Zahia, tu as passé l'âge de regarder les gens fixement comme s'ils te paraissaient incongrus.

— Ça veut dire quoi, incongru ?

— Ça veut dire bizarre.

— Tu n'as pas l'air bizarre. Je te trouve belle... J'espère qu'un jour, je te ressemblerai.

Mime sourit.

— Ce qui compte, c'est d'être heureux.

— Tu n'étais pas heureuse, toi, au début, tu vas mieux maintenant. Les enfants te font du bien.

— C'est vrai et tu y es aussi pour beaucoup. Allez, sauve-toi, tes parents vont s'inquiéter...

Zahia ricane.

— Non, ils ne s'inquiètent pas ! Ils s'inquiètent jamais, tu sais !

— Qu'est-ce que tu racontes ?

— Je le sais, c'est tout !

Elle a dit ça avec violence. Faute de savoir quoi répondre, Mime hausse les épaules :

— Allez, file !

— Je t'ai préparé à manger, dit Zahia, pas grand-chose, j'ai fait avec ce qu'il y a... Les petits dorment. Il faut que tu manges, tu es maigre.

— On est tous maigres, et c'est toi qui dois manger, regarde-toi !

— Moi, j'ai toute la vie pour manger...

Mime va s'allonger. Elle aspire à rester seule, à laisser son esprit vagabonder. Elle imagine que le capitaine lui parle encore avec son bel accent. Le sommeil transforme son rêve idyllique en ascension où soudain, le sol se dérobe sous ses pas ; sa jambe tressaute et la réveille. Elle ouvre les yeux, pousse un cri : planté devant le lit, Marcel la regarde fixement en suçant une vieille peluche qui ne ressemble plus au petit éléphant qu'elle fut.

— Tu es malade, maman ? demande-t-il.

— Pas du tout ! Mais qu'est-ce que tu fais là ?

— Je peux plus dormir...

— Viens.

Il grimpe à côté d'elle. Sa tignasse a une odeur douceâtre, mélange de sucre et de cire.

— Tu as sursauté en dormant.

Elle lui explique qu'elle était en train de rêver.

— Je montais un escalier et j'ai raté une marche !

— Ça veut dire qu'on peut voir dans ton rêve ?

— Non, ça veut dire que parfois, quand tu rêves, ton corps oublie que tu es en train de dormir... et il bouge.

— C'est le cerveau qui se trompe ?

— Oui, enfin, non, c'est le corps.

— Il désobéit ?

— Si tu veux...

— Mais il fait pas exprès.

— Voilà, il oublie.

— Et puis parfois, les ordres sont compliqués...

— C'est vrai, mon chéri. Les ordres sont là pour aider mais parfois, ils font le contraire, ils embrouillent.

Blotti contre son flanc, Marcel plonge dans une intense activité cérébrale. Sa succion s'accélère.

Elle a obtenu de voir Capozzoli seule, de temps en temps, pour des séances informelles qui ont lieu sous une tente. Ces jours-là, Zahia fait la queue à sa place chez l'épicier, munie des tickets de rationnement de Mime. Ici, tout le monde se connaît. L'institutrice est assez peu liante mais on la respecte. On se dit qu'il lui faut du courage pour venir d'Oran chaque semaine avec ses deux gamins. Laisser son mari aussi n'est pas anodin. Son arrivée il y a un peu plus de six mois a déclenché nombre de commentaires, qui se sont taris, englués dans l'inertie générale.

À Sidi Chami, la conversation est un sport qu'on pratique avec une relative prudence. Les GI's qui ont appris quelques mots de français et d'arabe en savent quelque chose. La suspicion qu'ils inspiraient au début a fait place à une amabilité de circonstance. Côté américain, les impressions fluctuent. Certains sont tombés amoureux de l'Algérie, dont le climat et les paysages ont des airs de leur Californie. D'autres ont du mal avec la sauvagerie du pays. Ils trouvent les rues infectes, le nombre de mendiants effrayant. Pour eux, les Algériens n'ont rien dans la tête, rien dans le cœur, tout dans le ventre... Mime est horrifiée qu'on puisse penser des choses pareilles. Elle s'en ouvre à Capozzoli. Sa situation de prisonnier n'est pas la meilleure garantie d'objectivité mais elle a besoin de son approbation. Elle voudrait qu'il l'apaise. Elle voudrait parler avec lui jusqu'à épuisement.

Elle a conscience de ressentir pour lui autre chose que de la curiosité ou de la bienveillance, mais à quoi se destine un sentiment épanoui derrière des grillages ? Elle a gardé le romantisme d'une adolescente sans être prête à tout pour un capitaine qui lui plaît. Mieux, l'euphorie qui la saisit parfois ne fait qu'augmenter les élans qu'elle a pour Marius. C'est comme si sa tendresse se dédoublait, qu'elle prenait de l'ampleur à s'éprouver ailleurs. Elle ne se sent ni duplice, ni coupable, juste captive d'une exaltation qu'elle a envie de partager. Je suis folle, se dit-elle, un soir, après avoir écrit une lettre énamourée à son mari.

Folle ou pas, elle attend avec impatience les moments où elle est seule avec Capozzoli. Elle voit bien qu'elle prend des risques, qu'il y a une ligne à ne pas franchir, au-delà de laquelle elle serait capable de tout envoyer bouler. Elle doit être vigilante. Ne pas jouer avec le feu. Ce n'est pas parce que la guerre empoisonne le quotidien qu'on doit renoncer à ses principes. Le lendemain, elle pense l'inverse. La guerre les brime assez pour s'autoriser tous les plaisirs. En a-t-elle seulement envie ? Oui, elle veut sentir le corps de cet homme contre le sien. Non, flirter lui suffit. C'est le badinage qui l'amuse. Et puis Capozzoli a belle allure, c'est entendu, mais enfin, elle ne sait rien de lui, et surtout, il ne lui a même pas effleuré la main. Et cependant, elle sent qu'il est amoureux. Par jeu d'abord, puis par sollicitude, elle cultive sa propre inclination.

Mime ne croit pas aux moitiés de fruit qui s'assemblent. Elle ne croit pas au prince charmant – ou plutôt elle y a cru et elle l'a eu, c'était Marius. Cette fois, c'est différent. Elle est face à un homme humilié, du mauvais côté de la barrière, et sa douleur l'oblige. Elle veut être à la hauteur du fantasme qu'elle a inspiré. Je suis folle, répète-t-elle en riant.

Pas assez pour en parler. Même à Irène, elle n'a rien dit, rien écrit. Encore moins à ses sœurs. Blanchette, déjà veuve et sur le point de se remarier. Odette, affranchie jusqu'au bout des ongles mais si loin, si différente. Yvonne, trop pusillanime pour se risquer hors du nid conjugal. Suzanne... Suzanne qui la hante mais dont elle ne veut rien savoir. La seule qui pourrait la comprendre, mais dont le cœur lui est fermé.

Reste sa mère, Blanche. Blanche la douce qui s'exprime à mi-voix et n'en pense pas moins. Blanche qui a de qui tenir, avec sa descendance héroïque, arrière-petite-fille de cette veuve Brulon dont on ne cesse depuis des générations de chanter le courage et la gloire. Pas question de s'ouvrir à elle. Lui dire quoi, d'ailleurs ? Qu'elle a le béguin pour un capitaine à qui elle donne des leçons de français ? Impossible.

Elle chérit son secret. Parce qu'avec cet homme, elle se sent libre. Libre d'évoquer ce qui lui chante, libre de raconter la jeune fille qu'elle était, libre de parler de Simone. Quand il lui a demandé combien elle avait d'enfants, elle a répondu quatre et les a tous nommés. Il a cherché à la complimenter : Elle doit être bien jolie, votre petite fille... La gorge nouée, elle a fini par lui dire que la petite fille n'était plus de ce monde. Il a gardé le silence sans la quitter des yeux, son sourire se rétractant peu à peu. Il ne l'a pas touchée, il est resté tout près en la fixant avec intensité, et ces quelques secondes où ils étaient si proches, où elle était vulnérable et dont il n'a pas profité, ont été pour elle, rétrospectivement, un moment décisif. D'un tel degré d'émotion qu'elle a été effrayée de sentir à quoi s'abreuvait son désir.

Ce soir, elle doit retourner au camp. Zahia veille sur les petits. Mime se surprend à chantonner mais quelque chose l'affole. Elle est dans un état de fébrilité qu'elle domine à grand-peine. Capozzoli se lève pour l'accueillir, lui baise la main. Il sent qu'elle est nerveuse. Ils décident de marcher un peu. Debout dans cette étuve où le soleil précoce a tapé tout le jour, ils vont et viennent côte à côte. C'est lui qui parle. Un télégramme arrivé par miracle lui a appris que son grand-père vient de mourir. Il en est encore bouleversé.

Elle l'écoute. Parfois, elle le reprend, le corrige avec douceur, mais il parle de mieux en mieux. Elle découvre à présent combien il est vaste, façonné par une enfance rude et des parents absents. Il a les larmes aux yeux, elle ne peut s'empêcher de tendre son bras vers lui ; il le saisit, l'attire lentement vers lui, l'étreint, remontant l'une de ses mains sur sa nuque. Elle le laisse faire puis se dégage, recule un peu, souriante, grave. Asseyons-nous, propose-t-elle.

Il se frotte le visage et attend, le regard dans le vide. Elle l'interroge encore sur ses parents, sur son passé. Il lui raconte une anecdote qu'il croyait avoir définitivement enterrée. Il avait une dizaine d'années, il était chez ses grands-parents, il jouait dehors avec le chien, Semaforo. Il l'excitait avec un bâton, et l'animal aboyait sans savoir ce que son jeune maître voulait de lui. Son grand-père est sorti pour lui dire qu'il n'en pouvait plus de ce boucan, que le chien devait la fermer. Mais il a continué d'agacer l'animal, agitant son bout de bois, se gardant de le lancer pour que Semaforo aille le chercher, lui tapotant le museau avec. Les aboiements ont redoublé, plus sonores, plus virulents.

— Alors, mon grand-père est sorti de nouveau, avec son fusil, et il a tiré sur le chien. Il l'a tué d'une balle. Je crois qu'il avait envie de me tuer, moi, mais il a visé Semaforo.

Mime ouvre de grands yeux.

— Mon Dieu !

Il se force à rire.

— J'ai beaucoup appris ce jour-là...

— Et que s'est-il passé ensuite ?

— Oh, j'étais terrifié ! Il faisait chaud, j'avais ôté ma chemise, le sang du chien avait barbouillé mon ventre (elle ne le reprend pas). Je suis resté immobile un moment, et puis j'ai couru me réfugier dans ma chambre pour me laver. Je sanglotais. Ma grand-mère a engueulé mon grand-père, et après on a creusé un trou derrière la maison et enterré Semaforo...

Mime considère le capitaine en silence. Elle le voit petit garçon, elle imagine son effroi mêlé au chagrin.

— Vous l'aimiez tant que ça, ce grand-père ?

— Je crois que c'est l'homme que j'ai aimé le plus sur terre...

Il se tait avant de reprendre d'une voix basse où tinte son accent.

— Ce n'était pas un homme facile. Il avait fait une vie dure à ma grand-mère qui elle non plus n'était pas une femme tendre. Elle souffrait beaucoup aussi à cause d'une maladie, j'ai oublié laquelle. Elle s'est pendue des années plus tard. On a accusé mon grand-père parce que son visage était tuméfié quand on a décroché le corps. Les gendarmes pensaient qu'on l'avait battue. Mais, en fait, ce n'était pas ça. C'était le vent. Le soir où elle s'est tuée, la tempête soufflait, et toute la nuit elle s'est balancée au bout de la corde, sa face allant et venant violemment contre le tronc de l'arbre...

— Votre grand-père ne l'avait pas cherchée en se couchant ?

— Non, il avait bu la veille et il s'est endormi sans s'apercevoir qu'il était seul dans le lit. C'est lui qui l'a trouvée le lendemain, accrochée à cette branche, le visage amoché... Il n'a pas versé une larme devant nous, mais je sais qu'il était malheureux. Un jour, je l'ai surpris en train de pleurer en regardant une photo de ma grand-mère. Je me suis retiré sur la pointe des pieds, jamais je n'aurais osé aller vers lui pour essayer de le consoler. Pourtant, je savais ce que c'était de perdre un être cher. Pour moi, Semaforo était comme une personne humaine... Le temps est passé, je n'ai jamais eu la force d'en parler avec lui.

3

UN ACCIDENT SUR LA ROUTE

En ce printemps 1944, le petit Marcel fait verser la charrette qui les ramène, sa mère, son frère et lui, à Oran. Sans le savoir, il bouscule l'ordre des choses. Il va avoir cinq ans, mais Mourad, le paysan qui les accompagne le samedi matin, estime qu'il est assez grand pour apprendre à conduire les bêtes. Alors qu'elles avancent tranquillement le long de la route où fleurissent les asters, il confie les rênes au petit garçon en lui disant : Tu vas voir, c'est facile... N'aie pas peur, tu vas y arriver!

Mime a tendance à piquer du nez et laisse faire. Robert est assoupi contre elle. Marcel s'empare des rênes avec plus de peur que de fierté. Il se raidit et tire si brutalement sur le mors que le cheval se cabre. Le chariot se renverse, Mime tombe sur le bras dont elle a fait un rempart pour ne pas écraser Robert. Elle se relève, se préoccupe de ses enfants. Ils n'ont pas la moindre écorchure. Mourad non plus qui, en revanche, a eu très peur. Quand Mime s'avise de récupérer les sacs tombés à terre, elle pousse un cri. Son poignet lui fait un mal de chien.

Ils sont à mi-chemin, pas question de retourner à Sidi Chami. Ils reprennent la route jusqu'à Oran, elle serre les dents. Marcel, lui, se met à pleurer. Tout est de sa faute. S'il n'avait pas tiré si fort, il n'aurait pas provoqué la chute de sa mère. Mourad essaie de le rassurer, ses larmes redoublent. Face au chagrin de son frère, Robert éclate lui aussi en sanglots. Une carriole les rattrape, propose de les escorter. Le petit convoi se transforme en cortège où le moindre cahot tire un hoquet à Robert et fait grimacer Mime.

Quelques heures plus tard, le poignet plâtré – scaphoïde fracturé –, les petits couchés, entourée par son mari et son fils aîné, Mime éprouve un sentiment de sécurité qui lui semble la chose la plus précieuse au monde. Le docteur Daoun, fidèle entre les fidèles, accouru dès que Marius l'a appelé, la contraint à l'immobilité. Cela lui paraît exagéré, vu que ses jambes sont intactes. Elle pensait pouvoir être à son poste lundi, mais Daoun lui prend le bras et la tension sans dire un mot. Il lui ordonne du repos pendant une semaine. Mime se laisse faire, vaincue, les yeux implorant sans espoir son médecin.

À présent, elle tourne en rond, ne décroche plus un mot. Son mari la connaît. Il la laisse bouder tout en la cajolant. Il est aux petits soins, parvient peu à peu à la dérider. Le dimanche, c'est lui qui prépare le déjeuner. Il lui interdit d'entrer dans la cuisine où mijote un court-bouillon à l'odeur réconfortante. Elle a beau prétendre qu'elle n'est pas malade, il la traite comme une reine. Le lundi matin, la fièvre l'empêche de se lever. Entre deux plongées comateuses, elle en vient à la conclusion qu'il est inutile d'essayer de rejoindre Sidi Chami. Marcel aussi manquera l'école, ce n'est pas si grave.

Durant trois jours, elle délire, inonde les draps. La nuit, Capozzoli hante son sommeil, mais au réveil, la présence de Marius la tranquillise. La fièvre a déclenché quelque chose comme des anticorps à l'amour naissant de Mime. Au lieu d'aviver son désir, l'absence le désagrège. Il s'éloigne. Elle n'est pas comme Odette qui éprouve une jouissance vorace dès qu'une histoire se profile. Et puis Mime est chavirée par la tendresse de son mari.

Le vendredi 21 avril 1944, les femmes deviennent électrices et éligibles, à l'égal des hommes. À la tête du gouvernement provisoire, de Gaulle a signé l'ordonnance qui élargit le droit de vote à la deuxième moitié de l'humanité. Dans un an, le sexe dit « faible » pourra enfin se rendre aux urnes. Mime se réjouit tout en faisant remarquer qu'il était temps. Marius ouvre une bouteille pour célébrer cette victoire historique. Il a choisi un bourgogne, sachant que sa femme grimace devant les vins d'Algérie qui selon elle emportent le palais et s'évanouissent aussitôt. Elle prétend même qu'ils rendent les gens mauvais.

Elle retourne à Sidi Chami la semaine suivante. L'aube est pourpre. Les premières lueurs du jour réfléchissent la rosée, la plaine scintille de part et d'autre de la route. Mime tend son visage vers ce ciel féerique qui réchauffe sans brûler. Robert et Marcel dorment derrière. Mourad, encore mortifié par l'accident, a l'air sombre. Les oiseaux volent au-dessus des alfas que la brise courbe vers l'est. Peu avant d'arriver, les petits se réveillent et réclament à manger. Mourad sort de son sac quelques dattes. Il les leur offre en marmonnant des excuses inaudibles. Marcel et Robert le regardent, persuadés qu'il va se faire gronder, mais Mime brandit son plâtre en souriant. Elle remue ses doigts au bout de la gangue qui enserre son avant-bras, et travestit sa voix pour faire rire ses enfants. « Oh, mais nous allons très bien, Sidi Mourad ! Nous sommes juste un peu à l'étroit dans ce joli corset blanc... »

Le soir même, elle doit donner un cours au camp. Les officiers s'assoient comme d'habitude derrière les longues tables, bavardent en italien. La plupart ont devant eux des cahiers qu'ils ont remplis de mots français. Capozzoli n'est pas là. Mime attend un peu. On prend de ses nouvelles, elle raconte comment elle s'est cassé le poignet. Son petit garçon, la douleur, l'attente, la fièvre. Les mots gentils fusent. Et puis un jeune lieutenant dont le français est approximatif se lève lentement pour lui annoncer que le capitaine Capozzoli a été transféré. Il va vers elle d'un pas assuré, lui tend une enveloppe et s'en retourne à sa place. Chacun l'a regardé faire dans un recueillement quasi mystique. À présent, Mime sent tous les yeux braqués sur elle qui n'arrive pas à détacher sa pensée de cette lettre. Elle la tient entre le pouce et l'index, comme une allumette qui bientôt la brûlera. Elle la fait disparaître dans son sac, puis se tourne vers le tableau pour y écrire quelques vers de Racine.

Le monologue de Phèdre lui est venu tout seul, régurgité par ses années de collège, chaque vers entraînant le suivant. Elle surprend des sourires amusés à mesure qu'elle explique le texte. Une confession amoureuse! Elle aurait voulu ouvrir son cœur qu'elle n'aurait pas agi autrement. De toute façon, elle ne pense qu'à rentrer chez elle pour lire la lettre du capitaine.

C'est une courte missive. Cinq ou six phrases griffonnées à la va-vite.

Très chère professeur,

On m'annonce à l'instant que je pars pour le camp de Beni Messous, près d'Alger. On m'a dit que vous aviez eu un accident sur la route d'Oran. J'espère que vous ne souffrez pas et que vous vous remettrez vite. Je veux vous dire combien j'ai été heureux de vous avoir rencontrée. Votre amour de la langue française m'a permis de survivre et d'être joyeux quelquefois. J'espère que vous garderez de l'élève que j'ai été le souvenir d'un homme qui malgré sa détention a su vous regarder. Il est peu probable que nous nous reverrons, mais sachez que vous êtes une femme remarquable,

VOTRE DÉVOUÉ EDUARDO CAPOZZOLI.

Cette dernière phrase la poignarde. Elle relit, « il est peu probable que nous nous reverrons », et l'air lui manque de nouveau; elle revient au début, s'attarde sur « un homme qui a su vous regarder », affronte encore l'adieu final. Elle se sent abandonnée. Elle se croyait en possession d'un pouvoir sans limite, dont elle répugnait à profiter, et le sortilège s'est rompu. Le départ du capitaine lui renvoie en pleine poitrine ce que cette semaine de repos avait gommé : la consistance d'un sentiment qui a prospéré à son insu. Mime se sent punie d'avoir voulu jouer, prévoyant de se retirer de la partie avant de perdre trop, or ce qu'elle éprouve ressemble à un chagrin d'amour. Elle lutte contre une douleur qui est pire que le renoncement. Soudain, son existence lui paraît morne, son destin étroit à force d'obligations.

Voilà ce qu'elle rumine tout en remarquant la capeline de Marcel qui traîne par terre. Où est-il passé d'ailleurs ? Ni lui ni Robert ne sont là. Zahia les a probablement emmenés à la fontaine où ils aiment voir l'eau refléter le ciel. Elle a honte soudain de penser au capitaine avant de s'inquiéter de ses enfants. Elle glisse la lettre dans son sac et part les chercher.

Dehors, le village est en ébullition. Les soldats qui d'habitude patrouillent dans l'indifférence, se mettent à courir et le bruit de leurs bottes résonne d'une rue à l'autre. Rentrez chez vous ! clame une voix d'homme. Mime est prise de panique. Elle fonce à l'épicerie, puis à la fontaine où il n'y a personne, remonte l'artère principale, débouche dans une rue où un chien lui barre le chemin. Il montre les crocs en la fixant, oreilles dressées. Elle stoppe sa course, bat en retraite lentement tandis que, derrière elle, une femme se fige près de sa porte. Que se passe-t-il ? demande Mime dont les jambes, soudain, ne la portent plus. Elle s'effondre.

Quand elle rouvre les yeux, elle est chez elle, allongée

sur son lit, et Zahia lui sourit. Dans l'encadrement de la porte, Marcel tient la main de son petit frère.

— Que m'est-il arrivé ? demande Mime.

— Tu es tombée dans les pommes.

— Je vous cherchais... j'étais folle d'inquiétude !

— Deux prisonniers se sont évadés du camp, dit Zahia.

— Ils ont profité du transfert ? demande Mime qui pense immédiatement à Capozzoli.

— J'en sais rien, mais les Amerloques sont sur les dents parce qu'un GI a été zigouillé.

— Par les évadés ?

— Aucune idée...

— Ils ont réussi à s'échapper ?

— Je sais pas ! Tu sais que ton fils parle ?

Mime sourit à Robert qui a dit : Maman pas partie. Maintenant, il est grand. Il a vingt-quatre mois et douze jours. Mime tend les bras à ses fils. Ils s'approchent d'elle sans savoir que dans dix ans, presque jour pour jour, ils referont exactement les mêmes gestes : aller vers leur mère pour l'embrasser, une dernière fois.

4

L'ÉTONNANTE ZAHIA

Zahia ne comprend rien aux histoires des grands. Aux complications des adultes. Elle les regarde, étonnée d'être de cette espèce un peu dégoûtante. Elle entend des phrases qui n'ont pas de sens pour son jeune cerveau. Elle ne devine que les émotions vives et les tourments des enfants. C'est une adolescente instinctive, loyale, d'une sensibilité extrême sous ses allures brusques. Dans son foyer, rien ne lui convient. Ni ses parents qu'elle juge avec sévérité, ni ses frères et sœurs dont elle s'occupe pourtant du mieux qu'elle peut, ni le matelas moisi qu'elle partage la nuit avec une partie de sa tribu, se tournant pour ne pas respirer l'haleine aigre des petits dont les estomacs crient famine. Elle n'a pas d'endroit à elle, pas même une étagère ou un recoin. Impossible de s'isoler, sinon pour se laver au-dessus d'une cuvette, et encore parce qu'elle menace de ne pas aller travailler si on ne la laisse pas tranquille. Elle peste contre les siens, elle peste contre les villageois qui courbent l'échine, les pieds dans la poussière. Elle déteste la guerre, mais elle aime bien les Américains qui veulent changer le monde. Elle aime ceux qui se battent, ceux qui refusent leur sort.

Bien sûr qu'on bâtit son destin ! Bien sûr qu'on est responsable de sa route ! Elle s'étrangle quand elle entend son père répéter qu'il faut se soumettre à la volonté du ciel. Elle hait la prière et les lamentations. Elle ne demande rien à personne et surtout pas aux prophètes qui justifient tant de maux ici-bas. Elle serait furieuse contre Dieu s'il existait. Mais il n'est qu'une émanation des hommes, alors elle est furieuse contre les hommes. Toute petite, déjà, elle se crispait quand on la forçait à se recueillir sur cette présence invisible censée gouverner les âmes. C'est l'un de ses oncles qui l'a aidée à penser par elle-même. Aujourd'hui qu'elle a grandi, elle admet encore moins qu'une femme accepte d'être génitrice au lieu d'apprendre à lire. Elle ne fera pas d'enfant, elle, c'est juré, et elle tremble d'indignation quand sa mère lui dit qu'il faut honorer son mari, lui donner une postérité. Elle a pris en grippe son père qui se soumet aux roumis et distribue des taloches à ses gosses tout en les accusant d'être des ingrats. De quoi devraient-ils se sentir reconnaissants ?

Au contact de Mime, Zahia apprend à taire sa colère tout en se dégageant peu à peu de l'asservissement auquel sa famille voudrait la condamner. D'ici quelques années, elle sera instruite, diplômée, amoureuse, et un jour elle combattra dans les rangs du Front de libération nationale. En attendant, elle s'est amourachée de l'institutrice, de ses enfants, et de son baquet en zinc, arrivé d'Oran. Une cuve grise où elle se baigne à la suite de Marcel et Robert. Si elle pouvait, Zahia passerait sa vie chez Mime. Si elle pouvait, elle prendrait racine dans ce logement que sa locataire juge incommode mais qui lui semble, à elle, si agréable. Elle se ferait minuscule dans un coin, dormirait sur une couverture, au pied du lit des enfants, n'importe où plutôt que chez elle. Non pour se mettre au service de sa patronne, mais pour gagner son argent et le garder pour elle. Ses parents le lui réclament dans sa totalité. Curieusement, d'ailleurs, elle n'y voit rien à redire. Elle est même fière de redistribuer le peu qu'elle a.

Zahia et Mime ont de grandes discussions. Mime, qui a cessé de croire que les choses de la vie se mettent en ordre de façon méthodique, s'amuse à titiller les raisonnements de sa protégée. Elle défend l'idée que les événements jaillissent pour perturber le chemin, comme des mauvaises herbes, si bien qu'à la fin on se retourne sur un parcours différent de celui qu'on envisageait au départ. Zahia, elle, pense que la vie se façonne de bout en bout, à force de volonté.

— Tu sais, objecte Mime, parfois on désire très fort quelque chose et une fois ce désir rassasié, on s'aperçoit que c'était lui qui nous donnait des ailes. On n'est pas plus heureux...

— Moi, je sais exactement ce que je veux et ce que je ne veux pas !

— Sans compter que tes envies peuvent se modifier à mesure que tu grandiras.

— Avoir un lit pour moi toute seule, ce n'est pas une simple envie, lâche Zahia avec un regard qui étincelle.

— Tu veux dire que c'est de l'ordre du besoin ?

— Oui !

— Et tu as réfléchi à l'étape suivante ? Tu as encore beaucoup de choses à apprendre tu sais...

— Tu parles comme ma mère.

— Qui n'a pas que des torts...

— Elle m'interdit d'avoir mes propres rêves ! Elle ne croit pas en la liberté. Elle croit que rien n'est jamais de sa faute. Moi je veux construire mon avenir, semis après semis, comme un jardin.

Mime sourit devant l'impétuosité de la jeune fille. Elle est impressionnée par sa résolution, qui lui rappelle Simone... Si petite et déjà un fichu caractère.

— Des gens sans destin, ça existe, murmure-t-elle, rêveuse.

— Ce n'est pas un destin que je veux, c'est une vie digne !

— Et tu as raison, mais tu verras qu'on ne peut pas décider de tout...

— Bien sûr qu'on ne choisit pas tout ce qui nous arrive ! Mais de là à se croiser les bras en attendant un miracle... Mes parents, ils sont comme ça. *Inch'Allah !* Ils n'ont que ça à la bouche.

— L'homme sans dieu est un homme misérable, dit Pascal.

— Et il a toujours raison, ce Pascal ?

— Souvent, oui. Il dit aussi : « Ainsi s'écoule toute la vie. On cherche le repos en combattant quelques obstacles, et si on les a surmontés, le repos devient insupportable. »

— Mais c'est idiot! Et puis d'abord, moi, je veux pas me reposer.

Mime se met à rire. Elle observe Zahia dont l'épaisse tignasse est retenue en tresse sur le côté. Un ruban rose pâle se faufile dans sa natte. C'est la première fois qu'elle remarque le soin avec lequel la jeune fille se coiffe.

— Après tout, c'est de ton âge, soupire-t-elle en se détournant. Moi, j'aspire au repos et au silence... Être toujours en train de parler à une classe, c'est épuisant, tu n'as pas idée! D'ailleurs, je n'ai plus de voix.

— Oh, le silence, c'est quelque chose que je connais bien, tu sais...

Elle raconte à Mime que pour survivre, elle a pris l'habitude de se faire oublier. Quand elle entre dans la pièce où son père, ses oncles et ses cousins s'entassent pour boire le thé, elle se transforme en fourmi. Elle s'affaire, invisible, écoute, retient même les mots qu'elle ne comprend pas. Et puis elle disparaît, ni vu ni connu...

Mime lui demande de tendre l'oreille pour en apprendre davantage sur l'évasion du camp. Le lendemain, Zahia revient avec un air de satisfaction qui prouve qu'elle a adoré jouer à l'espionne. Elle en a entendu parler, oui, et pour cause, tout le monde ne parle que des deux soldats qui se sont échappés, mais elle n'a pas réussi à savoir s'ils ont profité du dernier transfert. Ce qu'elle a appris, en revanche, et elle ménage son effet en annonçant la nouvelle, consciente de détenir un renseignement précieux, c'est qu'un des deux prisonniers a été abattu. Mime a pâli. Elle est obligée de s'asseoir. Son cerveau déduit à toute vitesse : rien ne prouve que Capozzoli se soit enfui ni qu'il se soit fait descendre, mais rien ne prouve non plus le contraire. Et l'aurait-on prévenue si l'un de ses élèves avait été tué ?

En deux jours, elle est passée du déchirement au regret, puis du regret à l'angoisse. Tandis qu'elle regarde Zahia recopier dans son cahier les phrases qu'elle a apprises, elle se demande comment survivre en ignorant ce qui est arrivé au capitaine. Elle appréhende la nuit qui vient, dont les fantômes sont plus vivaces que tous les vivants de la terre.

5

L'ANNIVERSAIRE D'HENRI

Aujourd'hui, lundi 7 mai 1945, Henri a 19 ans. Il y a un an exactement, il était en uniforme, le visage rayonnant, appelé comme aspirant, recruté sur concours spécial de l'École normale. Mais son envie d'en découdre a été suspendue par la reddition allemande. Il fête son anniversaire a minima – pas de gâteau, rien de spécial, le rationnement est encore de mise. Il s'en fiche, trop occupé par cette guerre qui se termine, et le soulagement que procure un épilogue heureux.

Le lendemain, mardi 8 mai, Oran se prépare à célébrer la victoire des Alliés. Défilés et combats de boxe sont organisés dans toute la ville. Il fait beau, le ciel est radieux.

À Sétif, dans le Constantinois, le triomphe vire à la tragédie à cause d'un jeune scout qui a agité un drapeau algérien. Il défilait avec d'autres, en marge de la parade officielle. Parce qu'il transgressait la consigne – pas de revendication nationaliste ouverte –, un policier a voulu lui arracher son fanion, mais il a été pris à partie et jeté au sol ; quelqu'un a récupéré le tissu, un autre policier a tiré, il y a eu riposte, effet d'entraînement, chutes, cris, quant à savoir seconde après seconde ce qui est arrivé, comment en être sûr ? Les tirs ont fait plusieurs dizaines de victimes dans un premier temps, puis l'armée est intervenue, augmentant la panique, renchérissant sur le carnage comme si, à peine achevée, la guerre rebondissait sur des plaies encore à vif.

La répression qui les jours d'après, s'abattra sur la région, les horreurs commises au nom de la République, signent la défaite d'une fraternité encore possible entre musulmans et pieds-noirs. Personne ne le formule de cette façon – quelle fraternité ? demanderaient les Arabes –, il n'empêche, c'en est fini des promesses jamais tenues, c'en est fini d'une terre où les Algériens de toutes origines pourraient vivre ensemble harmonieusement, eux qui ont guerroyé côte à côte contre l'ennemi nazi.

En fin de journée, des informations filtrent. Très peu. La rumeur enfle à peine, on ne sait pas très bien ce qu'il s'est passé et la victoire monopolise les esprits. Quant au nombre exact des pertes humaines du Constantinois, il ne sera jamais certifié ; aujourd'hui encore, les chiffres demeurent aléatoires selon les sources. La presse de l'époque évoque une centaine de victimes du côté européen sans parler des cadavres musulmans, ni des indigènes désespérés, poussés à se soulever alors qu'ils étaient désarmés. Ici et là, on se scandalisera des deux mains sectionnées à la hache du représentant communiste de Sétif, on pleurera, on s'épouvantera, on se lamentera, puis les ordres tomberont, ajoutant du malheur au malheur et du deuil au deuil durant près d'un mois. Des milliers d'Arabes humiliés, fusillés, torturés, non pour venger des colons terrorisés, massacrés, égorgés, mais pour anéantir toute velléité d'insurrection, imposer la loi du plus fort. L'effroi des uns, la rancœur des autres, et au bout du compte, cette violence que la rage a macérée.

Marius ne sait rien encore des drames de Sétif et de Guelma. Depuis les émeutes d'Alger, fin avril, et celle d'Oran, le 1er mai, qui a coûté une vie, il devrait savoir que les Arabes sont à cran, mais il pense que l'arrestation de Messali Hadj, le leader du Parti du peuple algérien qui a été déporté dans le Sud, a mis fin aux germes de la rébellion. Il n'envisage pas que cela ait pu au contraire décupler la haine. Il comprendra plus tard, ou peut-être jamais, trop blessé, trop aveugle. En attendant, il râle contre le ravitaillement qui tarde, les pénuries qui se prolongent.

Ce qui l'enchante en revanche, en ce 8 mai 45, c'est de voir combattre les frères Sebbane. Il fait même la connaissance d'un jeune boxeur amateur, Lahouari Godih, seize ans à peine, qui a appris la boxe avec les GI's. Un magnifique athlète dont il suivra la carrière durant des années, jusqu'en Amérique.

Henri de son côté est tout à la joie de la capitulation allemande. Plus que jamais il croit que le mal finit toujours par être vaincu. La preuve, Hitler s'est suicidé à Berlin il y a quelques jours.

Il accompagne son père au tournoi de boxe, et puis il le laisse pour rejoindre ses copains, parmi lesquels Martinez qui lui a présenté une jolie Espagnole. Avec Boussif et les autres, ils se sont surnommés « les Roseaux », incluant dans la bande Claude, une fille aux allures de garçon qui elle aussi se destine à l'enseignement. La vie, enfin, déploie sa merveilleuse trajectoire. Comment devineraient-ils que durant ces jours de mai, tout ce qui compose leur monde va s'effondrer ? Comment concevoir que cette terre où leurs parents sont nés avant eux puisse un jour ne plus être la leur selon leurs origines ? Comment imaginer qu'ils seront bientôt ennemis ?

Dans moins de dix ans, pourtant, ce sera le début de la guerre d'Algérie dont les historiens datent le véritable début en ce 8 mai 1945. À la vérité, elle a commencé bien avant. Elle a commencé avec les soldes moins bien payées aux soldats musulmans, avec les faillites politiques, avec l'espoir apporté par les Américains peu favorables au colonialisme français, elle a commencé avec les refus successifs des mémorandums de Ferhat Abbas, avec la misère en Kabylie, avec la faim dans les campagnes, les terres insuffisantes pour nourrir une famille, elle a commencé dès le départ, en somme, avec la conquête et même avant.

Mais Henri ne pense pas à ça. Ce soir, il est amoureux. Excité par la gloire militaire, envahi par le besoin impérieux de rejoindre la jeune fille que lui a présentée Martinez, et dont la chevelure noire dégringole jusqu'à la taille. Il est rentré à Eckmühl pour dîner avec ses frères et il s'apprête à ressortir. Au moment où il croise sa mère, devant le petit portail qui donne sur le jardin, ses traits tirés le frappent. Il éprouve soudain la même sensation qui le débordait enfant, après la mort de Simone, ce besoin de fuir à toutes jambes, de n'être plus membre de cette famille poursuivie par le drame.

— Tu sors ? lui demande-t-elle.

— Oui, les enfants ont dîné... Papa est là.

— Il y a un drôle de climat en ville, tu sais !

— Tu veux dire ?

— Les gens sont contents, mais la police patrouille, et on raconte qu'il y a des bandes armées qui sèment la terreur.

— Bah, il y a toujours des rumeurs...

— Sois prudent, mon chéri.

Elle esquisse un sourire, lève la main vers lui pour arranger son col. Il embrasse sa paume avant de s'échapper. L'air est doux, un crépuscule tiède tamise le ciel. Il va jusqu'au port où les Roseaux ont l'habitude de se retrouver. Il s'attendait à un climat électrique, il découvre un silence inoffensif et le clapot de l'eau. Il croise des gamins avinés, des militaires à cheval, rien de plus. Au loin, vers Canastel, une clameur retentit, quelques pétards sur le front de mer le font sursauter. Il pense à Boussif qui a perdu son jeune oncle en Italie. Devant le café de la Calère, un rat traverse la rue et court se réfugier dans un trou.

Ses amis ne sont pas au café, et la fille qu'Henri voulait voir n'a pas encore pris son service. Il s'installe au bar, commande une bière, mais le patron, un type prognathe au nez cassé le prévient qu'il va fermer.

— Angustia ne vient pas ce soir ? demande-t-il.

— Non, on ferme, je vous dis.

— Elle m'a donné rendez-vous...

— Je ne tiens pas son carnet de bal, réplique l'autre.

Henri se retient de l'envoyer à dix mètres, mais il ne veut pas causer de tort à Angustia, alors, il paie sa bière sans la boire et sort en claquant la porte. Il longe la digue à proximité de laquelle stationnent des camions bâchés, phares allumés. Un air de jazz s'échappe d'une TSF. Il marche en rêvassant, peu à peu regonflé par ce printemps qui lui donne l'impression d'être invincible. Ce n'est pas faute d'avoir pensé à la mort, mais il se sent hors d'atteinte, loin de ses mâchoires. N'ayant croisé ni Faradji, ni Martinez, ni Claude, il rebrousse chemin, tombe sur un orchestre qui joue au milieu du square à deux pas du monument aux morts. Des femmes en robes légères et des soldats en bras de chemise dansent, bouches ouvertes. Il les regarde avant de repartir vers Eckmühl, respirant l'odeur de soufre du centre-ville où cette fois une foule joyeuse déambule. Il est à deux doigts de suivre un groupe de jeunes gens qui va se baigner au clair de lune. Tu viens avec nous, beau gosse ? crie une fille aux cheveux bouclés. Il fait non de la tête avec un grand sourire. Il marche encore dans la ville, espérant tomber sur Angustia par on ne sait quel miracle. Une heure plus tard, il échoue avenue du Docteur-Cauquil, mains dans les poches, n'ayant croisé que des fêtards et des chiens sans collier. Il aperçoit son grand-père qui lève le nez vers les étoiles.

— Salut mon grand ! lance Victor en le voyant approcher.

Ils s'assoient sous les lampions, côte à côte sur le banc de la petite cour, chuchotant parce que les locataires du rez-de-chaussée, les Martinet, entendent distinctement si l'on parle trop fort.

— Ce sont de braves gens, murmure Victor. Tu sais, ils vont partir. Bientôt, nous aussi, on partira, la maison est trop grande pour Blanche et moi... Même si, parfois, les enfants viennent y dormir. Mais elle nous coûte trop cher. On n'a plus les moyens. Et figure-toi que cela me remplit d'aise ! Il faut casser ses habitudes. Ce n'est pas la mer à boire, après tout, surtout si Yvonne et Chouchou nous laissent leur appartement et qu'on a juste la rue à traverser !

— Et ton arbre à savon ? Qui va s'en occuper ?

— Oh, il n'a besoin de personne. Il est grand, il est solide. C'est nous qui avons besoin de lui. Et encore... Nous autres, humains, n'avons pas besoin de grand-chose en vérité. Ni de grand monde d'ailleurs. On est beaucoup plus autonomes qu'on ne le pense...

Henri a posé sa tempe contre son poing, le torse tourné vers son grand-père dont la moustache bien taillée lui donne une élégance surannée.

— Et toi, dis-moi, comment vas-tu depuis hier ?

— J'avais rendez-vous, mais personne n'était là...

— Alors tu es venu voir ton vieux grand-père...

Il lui sourit.

— Je suis amoureux, tu sais, mais je crois qu'elle ne m'aime pas.

— Bah, ne te donne pas trop de mal pour ça, va. En amour, moins on en fait, mieux c'est. Il faut compter sur la chance et un peu de légèreté. Tu fais tout pour rencontrer une fille et c'est une autre qui arrive... Tu poursuis celle que tu aimes dans une direction et c'est en revenant sur tes pas que tu tombes sur elle... Je t'ai raconté l'histoire des brochets d'Attignat?

Il la lui a racontée mille fois, mais Henri ouvre de grands yeux comme s'il avait huit ans.

— Dans mon pays, au début de l'été, commence Victor, les hommes profitaient de l'assèchement des étangs pour pêcher les brochets au filet. Enfin, je te parle d'assèchement, mais c'est relatif, parce que l'eau était encore froide et qu'il leur fallait rester un bon moment dedans. Ils devaient d'abord installer les mailles à un endroit stratégique, à la force des bras, c'était difficile parce que c'était lourd, et puis les fonds étaient boueux, instables, cela exigeait de la résistance, sans compter qu'après ça, il fallait attendre. Bref, un jour, alors que depuis la berge, on assiste à la manœuvre avec Jules, ils nous enrôlent. Ils ont besoin de nous parce que les brochets ne veulent pas bouger. Alors ils nous envoient de l'autre côté de l'étang, en nous demandant de faire du bruit pour les rabattre vers eux. Jules et moi, on obéit. On enlève nos sandales et on se met à l'eau, trop contents d'avoir le droit de barboter. On n'a pas de bottes, mais on s'en fiche, on va là où on nous dit d'aller, et on se met à sauter pour effrayer les poissons. À ce moment-là, va savoir pourquoi, au lieu de filer vers les gars, les brochets viennent vers nous. Ils se précipitent dans nos épuisettes! Incroyable! On en attrape trois, quatre! On sort de l'eau en brandissant nos épuisettes à grand-peine, et on court vers nos parents en criant : Les brochets sont à nous, les brochets sont à nous! Mais les pêcheurs nous rejoignent en nous disant que c'est du vol, et qu'on doit les leur rendre. Vous rendre quoi ? s'interposent mes parents. C'est les gosses qui les ont pris vos brochets ! Pourquoi ils vous les donneraient ? Nous, avec Jules, on se regardait sans trop y croire... Mais les parents ont tenu bon. Ils ont refusé de rendre les poissons, et je peux te dire que ça a fait un vrai scandale ! On était tellement fiers.

Henri sourit. Il imagine le petit Jules, haut comme trois pommes, et son aîné Victor, rentrant à la maison avec un sourire radieux.

— La morale de l'histoire, j'ai mis du temps à la comprendre, ajoute Victor. Ce n'est pas le triomphe des deux pêcheurs que nous étions, Jules et moi, même si avec nos pieds nus et notre bonne volonté, on a été récompensés au centuple. Non, la morale, c'est que contre toute prévision, ces redoutables guetteurs d'eaux douces et calmes sont allés vers nos filets alors qu'ils auraient dû se diriger vers les gars. Ce qui veut dire qu'il ne faut jamais négliger ce à quoi on s'attend le moins... Retiens cela : la vie est souvent plus exaltante que le projet qu'on s'en fait.

Henri hoche la tête en regardant son grand-père. Les deux hommes se taisent, écoutent la nuit. La victoire est silencieuse, c'est à peine si on perçoit une rumeur à l'autre bout de la ville. Mais elle imbibe chaque particule de ce moment entre Victor et son petit-fils.

6

LE ROCHER DE LA VIEILLE

Trois ans ont passé. Le monde se reconstruit. Les massacres du Constantinois ont été matés. En avril 1948, l'Algérie a eu ses élections territoriales, afin d'élire son assemblée au suffrage universel direct, avec parité entre musulmans et Européens.

Marcel a bientôt neuf ans, Robert en a eu six le 12 avril. Il ne quitte jamais son frère, comme s'il ne pouvait respirer hors de sa présence. Henri, lui, frappe le ballon : il a été recruté pour jouer au volley dans une équipe de première division, participe au championnat, mais son destin est ailleurs et ses talents dépourvus de l'opiniâtreté nécessaire pour en faire autre chose. Il vit, il aime, c'est déjà pas mal. Et comme sa mère, il enseigne. Poussé par elle, il finira par passer l'inspectorat, histoire de ne pas moisir en bas de l'échelle. Pour l'instant, il est instituteur et Mime, qui ne jure que par les diplômes, ne rate pas une occasion de lui rappeler que c'est insuffisant. Elle sait ce que vaut son fils, elle sait aussi qu'il n'a pas beaucoup d'ambition, juste de la bonne volonté, un esprit fin et ce charme qui le rend irrésistible. De son côté, il a à cœur de lui faire plaisir. Il dessine toujours, un peu moins, trop de tâches l'accaparent. Il aimerait bien partir, vivre de son coup de crayon, faire les Beaux-Arts à Paris, travailler comme illustrateur dans un journal, mais c'est un rêve qui s'étiole, toujours remis et voué à ne jamais se réaliser parce qu'il a appris à obéir à ses parents et que, même devenu indépendant, il s'en remet à leurs préférences. Au fond, sans doute, cela l'arrange. Jouer au volley, gagner un salaire dont il reverse une partie à sa mère, rester en Algérie à laquelle il se sent amarré par toutes les molécules de son corps.

La famille a trouvé un équilibre malgré sa curieuse distribution : deux petits et trois grands. Marius et Mime ont renoué avec une certaine harmonie. Ils profitent momentanément d'une époque mieux disposée, recommencent à sortir, se sont réabonnés à l'opéra, traînent parfois les enfants au théâtre de la place d'Armes, près de la mairie, où Henri les accompagne quand il est disponible. Marcel et Robert s'y ennuient à mourir. Perchés au balcon, ils se penchent au-dessus de l'orchestre et comptent les crânes chauves... C'est à celui qui en repérera le plus. Marcel a l'œil vif. Robert se laisse plus facilement distraire. Quand l'obscurité tombe sur la salle, ils poursuivent leur exploration en nyctalopes facétieux, rigolant sous cape et se faisant gronder par leur frère aîné s'ils parlent trop fort.

À l'entracte, Mime essaie de leur raconter le livret, ils bâillent.

— Je les ramène, propose Henri qui ne vit pas ce retour anticipé comme un sacrifice. Il a gardé l'impatience de l'enfance, et ses cadets l'égayent au lieu de l'agacer. S'il les gronde parfois, il s'énerve rarement. Il peut toutefois se montrer intraitable. Les petits ne sont pas près d'oublier ce qui est arrivé le dimanche d'avant. Marius s'en est allé à Trouville aux aurores, et il a décidé de rentrer le soir à vélo avec Monin. Sa femme, elle, a choisi le retour en Celtaquatre, la voiture qu'Henri a achetée il y a presque un an, avec son premier argent. Il ne s'en lasse pas, heureux comme un gosse derrière son volant et se demandant comment ils ont vécu sans jusqu'ici.

Ils roulaient sur la route de la Corniche et Mime a prévenu les petits, à l'arrière, qui se disputaient : Calmez-vous, je ne veux pas de cris – mais ce sont des gamins, ils ont continué de se chamailler. Marcel a poussé son frère qui a heurté de plein fouet la portière. Elle s'est ouverte : Robert est tombé sur la chaussée. Henri a freiné brusquement. Il ne roulait pas vite, mais cette route est dangereuse, le rocher de la Vieille a vu bon nombre d'accidents à cet endroit où la falaise se déchiquette et tombe à pic. Il s'est garé comme il a pu, récupérant le rescapé dont la cape avait amorti la chute. Persuadé qu'il allait s'en prendre une, Robert a protégé son visage en voyant approcher son grand frère, mais Henri avait eu peur et l'a ramené doucement en s'assurant qu'il n'avait rien. En revanche, il a donné une rouste à Marcel que sa mère venait de gifler. Double peine qui a révolté le malheureux et fait dire à Mime : Tu n'aurais pas dû... Marcel ne saura jamais à qui s'adressait cette phrase. Pas sûr qu'il n'ait pas pris en grippe la voiture à cette époque-là.

Il n'empêche, elle a changé leur vie. La Celtaquatre au départ, et juste après, une Citroën 11, rutilante avec sa carrosserie des années trente, son avant spacieux et, au-dedans, l'impression d'être installé sur une banquette. Les trajets en sont facilités, le quotidien revivifié. Grâce à l'automobile, ils ont l'impression d'entrer dans la modernité quelles que soient les frayeurs qu'elle leur cause.

Un samedi où Marcel et Robert font leurs devoirs, Henri décide d'aller acheter des gâteaux pour le déjeuner. Il choisit un magnifique fraisier que la pâtissière place délicatement dans une boîte en carton. Henri la pose non moins délicatement sur la plage arrière et prend le volant pour regagner Eckmühl.

Alors qu'il descend la rue en pente, ses freins lâchent. Il rétrograde, actionne le frein à main, son véhicule continue de prendre de la vitesse. Or, au bout de l'artère, il y a une école où traînent toujours des gosses qui le samedi vont au catéchisme juste à côté. Henri essaie de ralentir sa course en rabattant la Citroën contre les murs, espérant que le frottement fera effet, raclant la tôle dans un bruit épouvantable, mais elle va de plus en plus vite. Finalement, il ne voit pas d'autre solution que d'aller s'encastrer sur un panneau et tant pis pour la casse. Il vise une interdiction de stationner contre laquelle il s'immobilise après un choc violent. Les piétons s'approchent du véhicule dont le conducteur est immobile et le pare-brise maculé d'impacts rouge sang. Après quelques secondes, Henri ouvre les yeux, sort à grand-peine de l'habitacle, et se redresse de toute sa taille. Dans un état second, il ne pense qu'à rassurer les badauds : « Ne vous inquiétez pas, ce ne sont que des fraises ! »

De nouveaux projets voient le jour. Marius n'a que quarante-cinq ans et il aimerait bien investir en France. Chacun de ses garçons, comme ça, aurait des murs à lui. En Algérie, ils ont Eckmühl, cette habitation spacieuse dont le rez-de-chaussée est à présent occupé par Blanche et Victor qui ont pris la place d'Yvonne et Chouchou, et la villa de Trouville devenue confortable. Le garage a trouvé son utilité, le jardin resplendit et Mime a fait installer toute la plomberie nécessaire pour avoir l'eau courante. Ils pourraient élire une troisième résidence à Versailles. Ils y ont passé leurs premières vacances d'après-guerre, en 46, grâce aux voyages que l'Éducation nationale offre tous les deux ans à ses fonctionnaires. Ils ont logé dans une pension correcte quoique sans attrait, et Henri, qui s'imaginait déjà séjourner dans un palace, a déchanté devant les lits rustiques et les menus pitoyables.

Marius a repéré un petit pavillon qui serait dans ses prix. L'affaire est vite conclue. Mime a le sourire. Si près de Paris, elle pourra enfin profiter de ce bourdonnement culturel qui lui fait tant envie. Et puis Versailles offre un infini rayon de visites historiques. S'inscrire dans une ville si riche de son Grand Siècle la ravit. Elle est tellement contente qu'elle s'est remise au piano. Dessous, Blanche et Victor entendent les notes de musique et se regardent en souriant. Leur fille va mieux, enfin.

Henri n'a pas osé dire à son grand-père que la France ne

ressemblait pas à l'image qu'il s'en faisait. Tout l'a déçu, à l'exception de la traversée. Sur le bateau qui les emmenait d'Oran à Port-Vendres, Mime qui ne cesse de mettre à profit chaque chose pour instruire ses enfants – les dauphins, le ciel, le pont – a eu le mal de mer et s'est enfermée dans sa cabine. Marius s'est alors précipité au restaurant avec ses fils, ils ont bu et mangé sans modération, ne se souciant que de savourer cette liberté momentanée que le sort leur accordait, les ayant débarrassés de leur femme, mère et préceptrice...

Hormis cette parenthèse, Henri est demeuré sceptique ; depuis le train, il a eu l'impression de traverser un agrégat de parcelles grises et des villes éventrées. Il ne s'attendait pas à voir les blessures de la guerre. Ni ce pays morose. Une province aux ciels bas parsemée de masures. C'est pourquoi, cette année, il est partagé entre la curiosité d'y retourner et l'envie de rester à Trouville. Quelle idée de vouloir aller en France en pleine chaleur d'août ! Mais Marius et Mime s'y préparent avec un soin maniaque. Dès mars, ils ont réservé les billets et maintenant, en ce mois de mai pluvieux, ils plongent dans les livres de tourisme pour baliser leur périple et s'assurer qu'ils ne rateront rien. Ils veulent tout voir, le château, les jardins, les expositions, le Louvre, de vieux cousins... Ils ont même prévu de s'arrêter en Provence. Le climat épouvantable de ce début d'année et la neige tombée à Paris ne modèrent pas leur enthousiasme. Rien ne peut entamer leur plaisir. Ils déroulent les catalogues, recensent les églises et vieilles pierres qu'ils se sont mis en tête de visiter. Marcel regarde Henri d'un air désespéré. Robert, lui, est déjà endormi.

Le film de mon grand-père reprend vie en cet été 1948. On y voit surtout cela : des églises, des façades gothiques, des clochers. Tous ces édifices immuables que Marius s'évertue à enregistrer sans s'apercevoir que près de lui, la vie des siens est en train de filer. Celle de ses enfants, la sienne, celle de sa femme – tout ce qui lui est familier, habituel, intime, tout ce qu'il esquive consciencieusement, saisissant les siens en passant, se dépêchant de revenir aux cathédrales qui, elles, ont des siècles devant elles. On aperçoit ses fils, au détour d'un travelling. Ils ont été arrachés à leur paradis terrestre, éloignés de Trouville pour trois semaines, mais ils ont l'air content. Les deux plus jeunes gambadent autour du grand, si petits par rapport à lui qu'on pense immédiatement qu'il en est le père. Ils jouent à l'épée avec un bâton. Henri porte une gabardine claire qui l'allonge encore. Il a vingt-deux ans, des fossettes et un port altier. Il est superbe, un physique d'acteur comme on disait autrefois.

Juste après, il marche avec sa mère, qu'il couve d'un regard respectueux. Malgré sa silhouette menue, Mime en impose. Est-ce sa gravité ? Son naturel face à la caméra qu'elle toise sans timidité ? Ou sa jupe bien coupée, serrée à la taille ? Elle ne se dérobe plus. C'est une femme encore belle, ovale du visage intact, cheveux bruns, retenus par un ruban coloré. Elle ne sourit pas, et oui, son aîné l'accompagne avec une sorte de vénération qu'on ne verrait pas aujourd'hui à des jeunes gens. Il ne lui tient pas le bras, il fait seulement quelques pas auprès d'elle, avançant à son rythme, semblable à un garde du corps.

Il est son premier enfant, celui qui connaît toute l'histoire, qui a tenu Simone dans ses bras. Témoin des premières années de mariage, il est celui qui sait, celui qui a vu, celui qui dira.

De ce fils dont je sais l'amour qu'il voue à sa mère, je perçois immédiatement ce que j'ai deviné de mon père de son vivant : qu'il était à jamais redevable à cette femme de lui avoir donné sa noblesse.

Je le reconnais enfin. Je ne le voyais pas dans le petit adolescent aux traits mélancoliques. Comment aurais-je pu y entrevoir celui qui m'avait élevée ? Mais ce garçon de vingt-deux ans contient déjà tous les hommes qu'il sera, le père aimant, l'époux, le dessinateur hors pair, l'inspecteur qui un jour viendra noter ma maîtresse d'école, restant assis au fond de la classe où je suis élève en primaire, et que je regarderai, épatée, passant toute l'heure retournée vers lui, souriant sans comprendre pourquoi il fait mine de ne pas me connaître ; et puis le séducteur impénitent, le peintre du dimanche, l'artiste inassouvi, désinvolte, celui qui préférait la vie à son œuvre, et qui, à la fin, hospitalisé pour un cancer, me lançait chaque fois que je venais le voir : Sauve-toi !

« Sauve-toi ! Ne te retourne pas ! » Plus que jamais il se souvenait de l'enseignement des dieux. Le malheur est une glu dont il faut se défaire coûte que coûte. Accepter de perdre ses plus précieux trésors, les êtres qu'on a chéris, sa terre, tout ce que l'on croyait à soi. Ne rien posséder mais demeurer fidèle à sa jeunesse, ce feu sacré qui ne dure pas. Faire face à la mort avec la même innocence que l'enfant qui respirait l'odeur des lentisques devant la mer. Garder jusqu'au bout cette présence au monde et puis partir en une nuit, sans un bruit, parce que le moment est venu.

7

LE VOYAGE DE VICTOR S'ACHÈVE AU MOIS DE MAI

En mars 1949, on ne parle que du cambriolage de la poste d'Oran. Les voleurs, qui se sont enfermés dans un hôtel à proximité pour préparer leur larcin, ont amassé un butin de trois millions de francs. La police a donné leur identité : Hocine Aït Ahmed, Hamou Boutlelis et Ahmed Ben Bella. Le 1er avril, on fête le centenaire de l'éradication du choléra. Processions, fleurs, hommage à la vierge de Santa Cruz. Le tramway, lui, rend l'âme. Dix ans avant, il avait déjà été suspendu, mais cette fois son arrêt est définitif. Les autobus prennent le relais. Oubliés, le sentier hasardeux le long de la Corniche, le panorama splendide, le gémissement de la carcasse, celui des essieux, et le grelot à chaque station. Le voyage s'achève aussi pour Victor, qui s'éteint dans son sommeil au printemps.

Blanche l'a appelé plusieurs fois, en vain. D'habitude, il est debout avant elle et lui prépare son café. Difficilement, la hanche douloureuse, elle se lève, va jusqu'au lit où il repose, et se fige. Elle ne peut pas approcher son mari dont la mort a fait quelqu'un d'autre. Elle n'ose pas le toucher, répète son prénom à voix basse, comme si la douceur dont elle a toujours usé avait le pouvoir de le réveiller. Il ne réagit pas. Elle sait bien ce qu'il en est. Elle attend quelques minutes, puis actionne la petite clochette installée par Marius et reliée à l'appartement du dessus. Ils ne s'en sont guère servis jusqu'à présent.

Mime descend avec Marcel. Elle a deviné. Son père étendu sur le dos, les yeux clos, déjà en position comme s'il avait voulu leur épargner ça : lui fermer les paupières. Son expression s'est envolée, remplacée par le masque d'un vieillard qui ne sourira plus. La fille se penche vers son père, pose ses doigts sur sa gorge pour vérifier un battement possible. Il est déjà froid. Elle se voit agir, dédoublée, au bord d'une émotion qui n'est pas encore du chagrin. Elle remarque les joues grises, les doigts noueux, entend sa mère dire : il était bien hier soir, il s'est couché le cœur léger – et elle n'a pas la force de lui en demander davantage. Victor avait de plus en plus d'absences. Des moments à vide où il était incapable de se souvenir de son nom. Elle pense qu'il faut prévenir ses sœurs, son frère, et Jules et Jeanne, bien sûr, qui résident à Saint-Eugène. Ils sont vieux, il s'agit de leur annoncer la chose avec douceur. Marius prend le relais. C'est lui qui s'en charge. Il demande à Marcel d'aller chercher Suzanne qui habite toujours cité des Arènes, à deux pas. Odette, elle, vit désormais au Télagh, il enverra un télégramme.

Mime ne quitte pas Blanche d'une semelle, mère et fille côte à côte, silencieuses, songeant que c'est déjà fini. Toute une vie envolée en un souffle, qu'on ait cinq ans ou quatre-vingt-six. On l'a toujours su, Victor le savait, mais cela ne change rien.

La famille arrive peu à peu. Henri s'est précipité en fin de matinée. Il était à Oran, une chance, à quelques jours près, il partait pour Cherchell, près d'Alger où il entame ses classes d'officier, mais en attendant il est là, qui étreint Blanche, ses tantes, son oncle, et puis Mime, sa Mime adorée dont il devine, en la pressant contre lui, à quel point elle résiste au flot de larmes qui monte. Lui-même ravale sa peine. Son grand-père qu'il aimait tant, ce grand-père qui lui enseignait le bonheur, n'est plus de ce monde.

8

BLANCHE FERME LES YEUX À SON TOUR

À son tour, Blanche s'en est allée. Un an après Victor. Meurt-on de chagrin ?

Elle n'avait plus envie de vivre. Blanche voulait partir avec son époux, elle aurait mieux fait. Elle n'a jamais été très expansive, mais la disparition de son homme lui a retiré le peu de désir qui lui restait avant de fermer les yeux à son tour. Au point que personne n'a osé lui dire que sa fille, Odette, avait trépassé quelques mois après son père, en novembre 49. Elle n'avait pas cinquante-deux ans. On l'a enterrée là-bas, à Sidi Bel Abbès, dans le caveau de la famille de son mari, Désiré Ubassy, et tout le monde a fait comme si de rien n'était face à Blanche. Blanche qui a choisi de se taire, allant au silence avec la ferveur d'une trappiste. Elle n'en pouvait plus du monde et de ses bruits. Trop de tumultes accumulés, trop de pertes, trop de souvenirs, trop d'épreuves dont elle se remémorait les étapes en se félicitant in fine de les avoir surmontées. La mort de son père, disparu si tôt, après une vie pleine mais courte et trois épouses, Vesoul, les années heureuses dans l'atelier de dorure de son grand-père, ses demi-sœurs quittées au long d'une route semblable à une fuite interminable, son mariage avec Victor, le départ en Algérie, l'adieu aux plaines grasses de son enfance, les premiers mois harassants sous le soleil d'Afrique dont la véritable récompense était cette mer étendue à l'infini, grande prairie mystérieuse, insondable pour elle, petite fille des lacs et des fleuves... Et puis ses neuf enfants accueillis avec autant de joie que de fatigue, ses défunts aussi, encore, tous ces petits inanimés, comme s'il fallait chaque fois payer le prix de ce qui est donné, que rien ne puisse prendre forme sans une ombre portée ; et les travaux répétés, multiples, épuisants, l'atelier de couture, les yeux pleurant d'avoir trop fixé l'ouvrage, la famille turbulente, les faillites, les privations, les voyages pour continuer à se voir, entretenir un semblant de tribu, en dépit des disputes et des guerres, les petits-enfants ensuite, leurs premiers pas, leurs rires, leurs chagrins, elle a tout embrassé, tout traversé, sachant que Victor était là et qu'à tous les deux, ils étaient les plus forts, liés à jamais par leur amour. À quoi bon prolonger l'existence ? Elle n'a pas eu le cran d'aller se noyer dans le port, elle a choisi d'attendre en se taisant. Lisant, relisant. Les mots des autres lui ont toujours paru suffisants.

Elle est partie en ignorant qu'elle allait rejoindre Odette, mais certaine que Mime et Marius tiendraient bon malgré leur nature éruptive. Que Suzanne et Blanchette poursuivraient leur chemin avec leurs maris, leurs enfants. Elle n'a gardé sur le cœur que la mort d'Huguette, le bébé de son fils Albert dont elle s'est sentie responsable parce que c'est elle qui gardait la fillette quand elle a cessé de vivre.

Son vieux squelette réclamait le repos éternel et il a fini par l'obtenir. Elle s'est éteinte en souriant.

Le rez-de-chaussée est libre désormais. Il faut enlever les meubles, décrocher les tableaux, récupérer les livres, déshabiller les cintres. Ranger, classer, jeter. Suzanne est venue aider sa jumelle, mais les deux sœurs n'ont pas articulé un mot. Elles ont passé cinq jours à vider l'appartement sans échanger une phrase. Le premier jour, elles ont vu le lit défait, le petit herbier sur la table de nuit, un roman de Colette abandonné dans le fauteuil avec son marque-page, et elles ont pleuré, l'une dans la chambre, l'autre dans le salon. Le deuxième jour, elles se sont retroussé les manches et Yvonne est venue les aider. Les troisième et quatrième jours, elles ont rempli les dernières caisses avant de les fermer. Le cinquième jour, elles ont lavé le sol.

Mime à présent veut fuir cette maison, elle veut quitter le quartier, vivre en ville. Ne plus apercevoir, en face, les anciennes fenêtres de ses parents, ne plus guetter le tintement de la clochette qui ne tintera plus puisqu'on l'a enlevée. Elle ne se voit pas croiser des locataires qu'elle ne connaît pas. Elle a envie de retourner dans le centre. Et pourquoi pas rue d'Arzew où elle a vécu adolescente ? Ce serait plus agréable, plus pratique aussi pour Marcel et Robert qui pourraient aller à pied au lycée pour l'un, à l'école primaire pour l'autre. Elle en parle à Marius qui grimace. Il n'a pas envie de partir, lui, mais il l'écoute. Il pense aux roses du jardin, au banc tapissé d'azulejos, aux parfums d'Eckmühl. Comment laisser tout ça ? Il essaie de la convaincre une fois qu'elle s'est tue.

— Mais tu auras Trouville où tu pourras jardiner, réplique Mime.

— Ce n'est pas la même chose... Ici, nous avons la chance d'avoir un coin de verdure tout en étant en ville. Pourquoi se rapprocher des commerces et de tout ce tintouin ? Tu veux vraiment tourner le dos au quartier où nous avons vécu ?

Oui, elle le veut vraiment. Le ton monte. Comme toujours avec eux. Mime n'a pas hérité du caractère suave de sa mère. La conversation dégénère. Marius reproche à sa femme de n'avoir jamais accepté de vivre ailleurs, quand c'était possible, de ne leur avoir jamais donné l'occasion de changer de vie, d'avoir toujours rêvé d'une existence parisienne qu'elle n'aurait pas davantage choisie. Cette remarque l'exaspère. Elle lui renvoie le compliment sous prétexte que, justement, elle ne demandait que cela, changer de vie...

— Mais sans toi ! explose-t-elle.

Il se décompose. Il pense qu'il l'a aimée si fort et qu'il est en train de la perdre. Il pense qu'il ne l'a pas rendue heureuse et que, si elle part, il ne s'en remettra pas.

— Je veux divorcer, ajoute-t-elle calmement. Elle ne ressent qu'une colère sèche et l'envie de faire mal à son mari. Elle le voit abattu et veut l'abattre davantage. Elle note ses épaules affaissées, sa taille épaissie.

— J'ai tout fait pour toi, tout, murmure-t-il, mais tu es un puits sans fond... Je vais me coucher.

Il la laisse seule face à ses livres. Elle s'assoit lentement. Les larmes lui viennent aux yeux. Comment peut-elle être aussi méchante ? Avoir de telles bouffées de cruauté ? Le visage de Suzanne s'interpose soudain, et tout ce qu'elle a raté resurgit. L'impossible gémellité, la fusion mortifère, les idylles chimériques... N'y a-t-il donc que la solitude pour survivre sans blessure ?

Elle se met à sangloter, ses parents lui manquent. Odette aussi. Mime a quarante-neuf ans et elle se sent comme une gosse qui a besoin des bras maternels et du réconfort de son père pour continuer. Tant qu'ils étaient là, elle pouvait se croire protégée – mais maintenant... Leur disparition signe son propre sursis. La mort ne lui fait pas peur, mais la fin de la jeunesse la ravage. L'impression d'avoir déjà de la terre dans la bouche. Elle regarde au-dehors, c'est le moment où la lumière décline en zébrant le ciel. Les lauriers en fleur jettent des lueurs pâles et les boutons de rose disparaissent dans le soir. Son désespoir aussi se disloque peu à peu.

Ses enfants dorment et Henri va bientôt rentrer. Tant de choses restent à faire ! Les petits à élever, son grand fils à encourager, lui qui est si doué, et Marius... Marius bien sûr. La voilà pleine de remords, rattrapée par cet amour qui se rappelle à l'ordre dans la défaite, qui ne se fait jamais autant sentir que quand il est sur le point de se rompre. Marius, son seul compagnon.

9

RUE D'ARZEW

Elle a enfin les clefs. Ils ont signé l'acte de vente il y a deux semaines, et peuvent emménager en ce printemps 1953. Mime a eu gain de cause comme d'habitude. Son choix s'est fixé sur un grand quatre pièces au premier étage d'un immeuble haussmannien, dans cette rue d'Arzew qui est l'émanation même de la vie européenne, avec ses cafés, ses magasins, ses cinémas. L'entrée de l'appartement ouvre sur un couloir central, long et large, qui distribue à droite un ensemble salon-salle à manger se terminant par la chambre des parents et une salle de bains ; à gauche, la chambre des enfants et la cuisine dont la fenêtre donne sur une cour d'école. Les petits sont ravis, leur domaine est spacieux avec des rayonnages où ranger leurs livres et leurs illustrés. Bien sûr, il n'y a plus de jardin en bas de l'immeuble, et les boutiques luxueuses ont remplacé la douce torpeur d'Eckmühl. Mais on est à deux pas du port et on peut prendre son café au comptoir à n'importe quelle heure.

Henri vit avec eux sans habiter vraiment là. Il a de quoi dormir au salon. Souvent, il passe ses nuits ailleurs.

Peut-être a-t-il une chambre en ville où il invite une fille? Il a rompu depuis longtemps avec Angustia, qu'il avait fini par séduire, mais il est de nouveau amoureux. L'élue, elle aussi, est d'origine espagnole. Elle s'appelle Rosa et il se dit qu'il pourrait l'épouser. Mime à qui il a parlé de son désir a décrété qu'elle ne l'aimait guère alors même qu'elle ne l'a croisée qu'une fois, de loin, sans lui adresser la parole. Trop tapageuse, un brin vulgaire, a-t-elle lâché à son fils qui en a été meurtri sans l'avouer. Il continue de la voir. Il fera ce qu'il veut si son amour tient bon.

Les voisins de l'immeuble sont des gens aimables qui exaspèrent Marius car ils écrasent leur café au pilon, ébranlant les cloisons de la cuisine. Et puis ils ont un chien dont on entend les pas et parfois les aboiements.

Le matin, Marius regarde par la fenêtre la cour d'école se remplir. Il ne raterait ce spectacle pour rien au monde bien que cela le rende nostalgique. Il se revoit à l'âge de ces gosses, bon élève, brusquement privé de ses études. Il a l'impression de retrouver ici un temps aboli. La sonnerie, les piaillements des gamins, les rangs qui se forment puis se disloquent. Chaque jour, habillé en veston croisé et cravate sombre, il a rendez-vous avec cette jeunesse qu'il épie en préparant le petit-déjeuner. Après quoi il attend que le pilonnage cesse, puis, comme Victor le faisait pour Blanche, il réchauffe le café de Mime qui part la première, enseignante toujours, et même directrice, à Oran. Il en profite pour dresser la table des enfants. Le thé pour Marcel, le lait pour Robert.

Le rythme de l'école d'en bas lui donne le tempo. Quand les élèves sont sur le point de s'éparpiller dans les classes, il est l'heure pour Marcel de filer au lycée Lamoricière où il rentre un peu plus tard. Sandales neuves aux pieds, pantalons courts, il porte son cartable comme un sherpa. Robert, lui, n'a que l'escalier à descendre. L'année s'achève, mais Marius leur a inculqué un principe : pas le moindre relâchement avant la toute fin des cours.

Mime, elle, s'est déjà éclipsée. En vieillissant, elle a de plus en plus de mal avec le réveil. C'est comme si quelque chose l'empêchait de réintégrer son corps au moment de se lever. Comme si des mains invisibles la paralysaient. Ses jambes deviennent molles, sa poitrine lourde, sa tête engourdie. Elle ne pense qu'à prolonger la nuit, demeurer dans ses rêves qui sont devenus doux avec les années. Elle ne fait plus de cauchemar. Même lorsque Simone apparaît, c'est indolore. En revanche, quand elle émerge du sommeil, l'idée de devoir poser ses pieds par terre, se dresser à la verticale, le simple fait de rester debout lui paraît insurmontable. Elle a des ruses minimalistes, des stratégies d'adolescente, négociant avec les aiguilles du cadran sur sa table de nuit, puis avec le cartel du salon, rapporté de Versailles, puis avec le carillon de l'horloge du couloir, celle que Marius lui avait achetée rue de Tombouctou et dont le coucou n'a jamais failli. Ensuite, elle n'a plus le choix, elle se jette hors du bivouac. Heureusement, il fait bon. Elle ouvre la fenêtre, entend les voitures qui passent, les klaxons, les cris des vendeurs de journaux. Un brouhaha qu'elle a découvert ici et qui certains jours lui semble venir du port où les tonneaux roulent dans un chahut qui fait trembler le sol. C'est ce bruit qui l'aide. Le bruit du monde dont elle se sent satellite et paria.

Elle aime toujours son métier mais elle attend le dimanche comme une délivrance. Ce jour-là, elle ouvre les yeux à l'aube avant de se rendormir, restant à la surface d'un demi-sommeil dont elle s'ébroue au milieu de la matinée. Il est tard, et c'est délicieux. La lumière pousse déjà les stores, elle entend le jappement du chien du dessus, respire les effluves de fleur d'oranger, une odeur de pâte chaude qui circule dans l'immeuble et lui donne le sentiment que leur nouvelle vie aura désormais la saveur d'une brioche sortant du four, un dimanche de printemps.

10

« ILS NE SE RENDENT PAS COMPTE... »

De plus en plus souvent, de plus en plus longtemps, elle dort. Le docteur Daoun, qui exerce toujours bien qu'il ait dépassé l'âge de la retraite, lui a prescrit des examens. Il sait que cet amaigrissement brutal et cette fatigue dont elle ne voit pas le bout sont mauvais signes. Le verdict est tombé fin février. Cancer du foie. On lui administre des cachets mais la maladie se fiche des médicaments. Mime a été obligée d'arrêter de travailler. Elle reste dans la chambre et se repose. Parfois, elle a si mal qu'elle ne peut plus parler, le moindre mouvement lui arrache un gémissement. Parfois, la douleur recule devant la somme des antalgiques. Elle recouvre alors un peu de force. Elle a reçu des lettres de ses élèves qui l'ont réconfortée. Si seulement elle pouvait finir l'année, achever le programme...

Le mois de mars est là. Marius lui raconte l'inauguration des arènes qui viennent d'être rénovées. Il était invité, il se demande encore pourquoi – à titre d'ancien habitant du quartier probablement, il y est allé pour se changer les idées. Elle fait semblant de s'y intéresser, mais à la vérité, elle s'en moque. Elle pense à ses fils. Elle ne veut pas qu'ils la voient dépérir.

Au fil des jours, elle semble résister. Il y a même un mieux, un matin, où elle annonce à son mari avec un beau sourire qu'elle se sent bien. Et puis, le lendemain, de nouveau, elle souffre et se cloître.

Marcel et Robert n'ont pas conscience de la gravité de son état. Ils s'étonnent juste de ne pas voir leur mère, observent le manège des grands mais ne posent pas de questions et poursuivent docilement leur route de petits adolescents. Une route un peu à l'écart, un simple sentier que les adultes traversent sans y demeurer, consacrant le plus clair de leur temps à des choses auxquelles les enfants n'ont pas accès. Il y a des cloisons infranchissables, c'est une règle élémentaire que les plus jeunes ont assimilée depuis longtemps.

Il arrive qu'ils se chamaillent ou qu'ils aient des fous rires dont les éclats traversent les murs. Marius en est révulsé.

— Ils ne se rendent pas compte, murmure Henri devant son père qui serre les dents.

Il n'en veut pas à ses fils, il est malheureux. Le moindre cri, la moindre exclamation lui perce les tympans. Il ne s'occupe plus de la maison, ne partage plus ses repas avec les siens. Il se faufile à tout bout de champ dans la chambre pour surveiller la santé de sa femme et lui donner la becquée.

À ses frères, Henri fait la leçon :

— Maman doit se reposer, allez jouer dehors !

— On en vient...

— Dans votre chambre alors, ouste !

Ils se font oublier quelques heures avant de resurgir en chuchotant qu'ils ont faim. On leur répète que Mime est fatiguée, qu'elle a besoin de silence et de calme. Rien de plus. Personne ne songe à les préparer au pire. Ni Marius qui ne veut pas imaginer que celle qu'il aime va mourir, ni Henri qui continue de croire que l'inéluctable ne se produira pas. Et puis, les gosses, dans ces années-là... Ils ont bien le temps de comprendre.

Un jour pourtant, Marcel tombe nez à nez avec sa mère dans le couloir, et il s'immobilise devant elle, qu'il reconnaît à peine.

— Oh, qu'est-ce que tu es maigre, maman ! s'exclame-t-il.

— Mais je suis très malade, tu sais..., répond-elle doucement.

Elle a des cernes sous les yeux et les paupières translucides. Ses joues pâles, striées de ridules, donnent à sa peau l'apparence d'un marbre gris. C'est ainsi qu'il prend conscience de son état. Elle lui caresse la joue et regagne son lit, disparaissant si vite que pour ne pas douter de l'avoir vue, Marcel s'accroche à cette apparition. Il s'y accrochera toute sa vie au point de se la rappeler encore des décennies plus tard, telle une scène isolée dont il est sûr de ne pas l'avoir reconstruite après coup, mais si présente au contraire, si violente dans son souvenir, que durant toute son adolescence, chaque fois qu'il croisera un visage avec un teint pareillement exsangue, comme saupoudré de cendre, il se dira que la fin approche.

Henri, lui, a rompu avec Rosa, à moins que ce ne soit elle qui l'ait quitté et qu'il ait laissé faire par paresse ou parce que combattre sur tous les fronts lui semble au-dessus de ses forces. Il se console avec d'autres, en passant, et retourne à cette mère qui fond à vue d'œil. Pour elle, à jamais, il a les yeux de l'amour.

Les premiers beaux jours sont arrivés. Les fêtes de Pâques se profilent. Depuis ses draps, Mime assiste à l'éclosion du printemps. Elle pense au capitaine Capozzoli. Il est loin désormais, elle ne sait même plus à quoi il ressemblait exactement. Son image s'est éteinte peu à peu, rejoignant une expression floue, éternellement juvénile. Quel âge avait-il à l'époque ? Trente, trente-cinq ans ? Depuis dix ans, chaque année, au moment de Noël, il lui adresse ses vœux. Au début, elle espérait un dénouement miraculeux qui l'aurait empêchée d'être si triste, mais finalement, la guerre s'est achevée et le chagrin qui l'accablait s'est évanoui du jour au lendemain. Elle n'en revient pas que ses sentiments puissent avoir été engloutis aussi brutalement faute d'avoir été entretenus ou seulement retenus. Comme des êtres vivants, songe-t-elle. Un amour ressemble à un enfant qu'on garde sur les épaules le plus longtemps possible pour lui éviter le naufrage. Un matin, il apprend à nager, ou il sombre. Le sien a sombré, et finalement elle ne le regrette pas. Elle sourit dans un demi-sommeil. Un rayon de soleil lui a laissé entrevoir la silhouette du beau capitaine dont l'accent lui revient aux oreilles. Miracle, son regard apparaît, intact, avant de se brouiller de nouveau. Il s'en est pourtant fallu d'un cheveu qu'elle ne parte avec cet homme. Ils n'en ont jamais parlé, ils se sont à peine touchés, mais ils brûlaient l'un pour l'autre. Elle essaie de remonter le passé. Leur dernier face-à-face. Le jour de son transfert. Elle a su le lendemain qu'il ne s'était pas fait tirer dessus. Il avait quitté le camp comme prévu. Faisant la route de nuit, dans un camion de l'armée américaine. Une fois près d'Alger, on l'a laissé moisir quelque temps avant de le réexpédier en Italie.

En décembre 45, une lettre de lui est parvenue à Mime. Une lettre exaltée où il lui écrivait qu'il plongeait dans son carnet de vocabulaire français pour se remémorer tous les mots qu'elle lui avait appris. Elle a répondu froidement. Ils en sont restés là. Ses cartes suivantes ont été brèves mais il n'a pas manqué une seule fin d'année. Dix cartes en tout qu'elle conserve dans une boîte, rangée au fond du placard de la chambre. Elle ne les cache pas, elles sont là, voilà tout.

Les jours de vent, Mime entend les sirènes du port qui la transportent en Italie. Elle a envie de voir la mer, son immense miroir parcouru de dentelle. Contempler l'horizon, penser à l'infini. Se projeter une dernière fois au-dessus de l'eau. Mourir et connaître le secret. Elle n'a pas peur. Tant de gens qu'elle aimait sont partis. Amis, enfants, parents. Et cette rafale ultime, il y a quatre ans, comme une procession de fantômes. Elle est encore ravagée par la disparition d'Odette, fauchée en plein travail, fin 49. Saadi Mohamed, un des collègues de sa sœur, lui a raconté qu'ils étaient en train de bavarder quand soudain, elle n'a plus répondu. Il s'est retourné : elle était inanimée, assise, sa tête reposant sur l'avant-bras. Victime d'un malaise au dispensaire du Télagh où elle avait été engagée. Mourant quelques heures plus tard, à l'hôpital de Sidi Bel Abbès, après avoir été transportée en urgence. Geneviève, sa fille de cinq ans, est restée dans les bras de son vieux père Désiré. Pas longtemps. Il a préféré s'en défaire et la confier à sa belle-fille, Line, déjà mère d'un petit garçon de deux ans. Mime se garde de le juger. Elle se demande seulement si l'instinct maternel est une réalité tangible, animale, ou une invention des hommes. Elle a si peur que Marius n'y arrive pas. Marcel n'a pas quinze ans, Robert va en avoir douze dans quelques jours... Comment vont-ils se débrouiller? Elle se tourmente nuit et jour jusqu'à ce qu'elle s'apaise grâce à Henri dont elle se répète qu'il a hérité de l'énergie de son grand-père Victor. Il saura les aider à grandir.

Parfois, elle se sent étonnamment bien. Presque euphorique. Elle a compris que les répits seraient de courte durée et elle en profite. Elle veut mettre de l'ordre, préparer son départ. En cette journée ensoleillée, Marius emmène sa femme à Trouville avec d'infinies précautions. C'est elle qui a réclamé. À l'ombre de la terrasse, il l'a installée dans une couverture. Il ne l'a jamais trouvée aussi belle. Les traits pâles et les yeux lavande. Elle ferme les paupières, la lumière est trop forte mais elle refuse de se plaindre, elle est heureuse ici, sous l'épaisseur du plaid qui la protège de la brise, les membres ankylosés et les regrets enfuis.

Elle se souvient de ces Noël qui la dévastaient. Elle se souvient de celui de 47 parce que cette année-là, cela faisait dix ans exactement que Simone était morte. C'était la troisième carte qu'elle recevait de Capozzoli. Marius n'avait pas pu s'empêcher de faire une réflexion, du genre : en voilà un qui n'a pas l'air de vouloir passer à autre chose ! Elle avait haussé les épaules. De toute façon, ces derniers jours de l'année n'étaient pour elle qu'une parenthèse douloureuse. Elle s'absentait. Au point qu'elle avait oublié d'acheter des cadeaux pour les petits. Le matin du 25 décembre, Robert avait eu une crise de larmes du haut de ses cinq ans en découvrant qu'il n'y avait rien. Marcel le regardait, inerte, sans savoir comment le consoler. Lui aussi avait le cœur gros face à l'absence de paquets. Henri s'était brusquement souvenu de son désastreux Noël, en 1937. Ni une ni deux, il avait pris sa bagnole et fait toutes les boutiques ouvertes pour rapporter des friandises et des bricoles enrubannées. Fini le malheur !

Il était revenu en fin de matinée, engueulant joyeusement ses frères : Mais vous êtes idiots ! Vous n'avez pas regardé là-bas ? Vous n'avez même pas cherché ! Marcel et Robert s'étaient précipités vers l'amoncellement des papiers brillants derrière le fauteuil Voltaire. Ils n'en croyaient pas leurs yeux !

Elle se souvient du rayonnement soudain de ses enfants, elle se souvient de sa reconnaissance vis-à-vis de son aîné d'avoir joué les magiciens. A-t-elle été à ce point incapable de dispenser autre chose que la nécessité de travailler et d'être libre ? Elle n'était pas comme cela jeune fille. Elle a tellement bataillé par la suite ! Elle veut bien baisser les bras à condition de ne plus abriter la moindre amertume. La moindre peine. Elle ne veut plus penser qu'aux enthousiasmes d'Henri, à la tendresse de Marius, à la bonté de ses parents. À leur installation au rez-de-chaussée, à Eckmühl. À son homme qui avait fixé la clochette pour que Victor et Blanche puissent appeler en cas de besoin. Mon cher Marius, pense-t-elle, en le revoyant fagoté n'importe comment, chemise grise ouverte sur le torse, vissant contre le mur la potence métallique et faisant courir entre les deux étages la ficelle reliée au carillon. Le soir même, Victor racontait pour la énième fois l'histoire des brochets de son enfance. Elle entend sa voix rocailleuse, son rire de jeune homme, et Blanche, les yeux brillants, citant Colette : « Dans ma famille, point d'argent, mais des livres... »

La mer scintille sous le feu de midi. Marius lui a apporté ses lunettes de soleil et pour la dernière fois, elle regarde la Méditerranée où les oiseaux picorent avant de repartir en poussant des cris. Ils déjeunent frugalement, Mime ne mange presque plus rien de toute façon. Ils rentrent à Oran en fin d'après-midi. La route de la Corniche est passée à l'ombre.

Irène Peretti vient la voir le lendemain, lundi 22 mars. Elle lui parle un peu trop. Mime voit bien que son amie est nerveuse, qu'elle se dépêche d'aligner des phrases pour meubler le silence.

— Ne vous inquiétez pas, lui dit-elle.

Irène sourit et lui prend la main. Elle ne l'imaginait pas aussi fatiguée.

Elle se retire à pas de loup parce que son amie s'est endormie. Elle ne dort pas en fait, elle se laisse flotter entre deux eaux. Ces derniers jours, elle a beaucoup pensé à Zahia qu'elle a perdue de vue il y a des années, et puis elle a pensé à Suzanne, sa jumelle, son irréconciliable soi avec laquelle elle est en guerre depuis si longtemps. C'était bien la peine de s'en vouloir à ce point ! Il est trop tard à présent, pour rattraper le temps perdu, mais on peut d'un regard anéantir des années de rancune. La mémoire a poli ses reliefs, elle a presque effacé la querelle. Savent-elles encore bien pourquoi elles se détestaient tellement ? Mime est frappée de constater combien les souvenirs d'une situation analogue peuvent varier d'une personne à l'autre. Y compris quand on vient du même ventre, du même placenta. Comment décréter qui avait raison ou tort ? Aujourd'hui, elle admet qu'à la place de sa sœur, elle aurait probablement agi de la même façon, et inversement. Elle ne voit qu'un stupide entêtement à rester son ennemie, à ne pas purger le ressentiment, comme ce pays qui n'en finit pas d'accumuler les griefs. Dire qu'elle a coupé son cœur en deux... L'obstination avec laquelle elles ont entretenu leur inimitié a causé tant de ravages autour d'elles. Un ravage sourd, constant, comme une écharde invisible qui gâche la promenade. Suzanne n'a pas encore frappé à sa porte, mais Mime sait qu'elle est tenaillée par le remords depuis qu'elle a appris sa maladie. Elle se manifestera quand le moment sera venu d'être seule une dernière fois avec sa jumelle.

Il ne s'agit pas de solder les comptes, non, mais de congédier cet orgueil qui les a séparées, et de se dire au revoir comme lorsqu'elles étaient petites et qu'elles s'endormaient le soir, collées l'une à l'autre dans le lit étroit, respirant l'odeur de ce corps si proche, si familier. Elle attend que sa moitié vienne l'embrasser. Que tout soit oublié, pardonné, amen, n'en parlons plus. Elle n'a besoin que de paix maintenant. Les gens feignent de ne pas y croire, mais il ne reste que ça à la toute fin, l'amour qu'on nous a donné et celui qu'on ressent, celui auquel on se réduit au moment d'en finir. Juste avant la grande solitude. C'est pourquoi elle se réserve à présent pour sa petite fille dont elle a rêvé la nuit dernière : Simone était redevenue un nourrisson à l'ossature flexible comme du caoutchouc, et Mime l'embrassait sur le nez avec un tel empressement que sa bouche s'enfonçait dans son visage comme dans un ballon percé.

De sa courte vie, Mime n'a gardé que la photo prise dans le jardin d'Eckmühl. Elle scrute une fois encore son expression de poulbot, la robe qu'elle portait ce jour-là, les minuscules socquettes dont la blancheur tranche sur la terre brune. Elle n'a pas été fichue de lui redonner vie, mais elle saura la rejoindre. Dieu ou pas Dieu.

Elle n'a pas supporté d'aller sur sa tombe, il y a presque quinze ans. Elle aurait dû s'en tenir à cette première fois où, enceinte de Marcel, elle avait abrégé la visite tant elle était fatiguée. Mais elle s'est entêtée, elle pensait qu'il le fallait. Quelques mois plus tard, elle a trouvé la stèle mais pas son enfant. Si sa petite fille était encore quelque part, ce n'était pas sous la pierre. Elle n'est plus jamais retournée au cimetière.

Le 5 avril 1954, en fin de journée, Mime meurt. Marius et Henri ont fait venir Marcel et Robert pour un dernier baiser. Ils avancent jusqu'à leur mère, effleurent des lèvres sa face livide. Puis ils reculent d'un pas. Ils se tiennent très droit, ils n'osent plus bouger. Ils ne pleurent pas. Ils attendent qu'on leur dise ce qu'il faut faire. Ni Marius ni Henri ne prononcent un seul mot. Aux quatre coins du lit, chacun reste immobile, désemparé. Désormais, ils forment une famille de garçons.

Pour me transporter dans l'Algérie des années trente, quarante et cinquante du siècle dernier, j'ai pris de multiples routes. J'ai réécouté la voix de mon père que j'avais interrogé sur son enfance, il y a plus de vingt ans, juste avant sa mort. J'ai également mitraillé de questions, chaque été depuis cinq ans, Marcel Avon, mon oncle, fils de Germaine et Marius, qui a nourri mon roman de ses propres souvenirs au prix d'efforts parfois douloureux. Je tiens à le remercier ainsi que Robert Avon pour leurs indications.

Écrire un livre produit des rencontres inattendues. Au fil de mes recherches, je suis tombée sur un ouvrage passionnant, *Les Américains en Algérie, 1942-1945* (Éditions de L'Harmattan), dont l'auteur, Alfred Salinas, écrivain et historien, m'a apporté une perspective historique inestimable. Grâce à lui, j'ai su que je pourrais mener mon projet jusqu'au bout.

L'écriture de ce roman m'a par ailleurs fait connaître Anne-Claude Iger, ma cousine que je ne connaissais pas, fille de Line, petite-fille d'Odette. Elle m'a relue, corrigée, aidée. Merci à elle, à son sens du détail, à sa musique, à son obstination de détective privée et à son propre récit familial.

Merci également à Fabienne Guilhemsans dont l'œil impitoyable m'a été d'un grand secours.

Et à mon frère, François Avon.

Merci enfin à mon éditrice, Isabelle Gallimard, qui depuis un peu plus de dix ans m'encourage et me fait confiance.

Composition : PCA/CMB.
Achevé d'imprimer
sur Roto-Page
par l'Imprimerie Floch,
à Mayenne, en mai 2021.
Dépôt légal : mai 2021.
Numéro d'imprimeur : 98431.

ISBN 978-2-7152-5742-9/ Imprimé en France

396214